推理謎

100%純血　日本推理

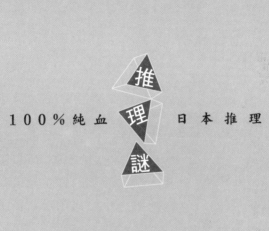

推理謎 6

看守者之眼

橫山秀夫

郭清華／譯

導讀《看守者之眼》

【推理評論家】張東君

看完這本書，我的臉上不禁流露出微笑，心中想著：『橫山樣啊，你可被我抓到小辮子啦！』完全沒個粉絲樣，比較像是個吹毛求疵逮到人家小把柄、輸人不輸陣的好事者。大部分的推理迷都已經認識這位橫山先生了，可是他究竟是何等人物，居然會挑起我的『挑戰』精神？

先說大家比較知道的橫山。他於一九五七年出生於東京都，在從東京都立向丘高中、東京國際大學畢業以後，在群馬縣的上毛新聞社（以個人偏見來說，真是位現代蘇武呀！）當了十二年的記者，在一九九一年以《羅蘋計畫》獲得第九屆三多力推理大賞佳作，以此為契機而離職成為文字工作者，替《週刊少年雜誌》寫漫畫原作，也寫童書、兼差當警衛等。

他以多年的記者功力與採訪經驗為基礎，再加上生活中的觀察與對人性的洞察，寫出來的作品都很扎實。雖然沒有天才偵探出現，筆下人物卻都有血有肉，事件的動機與探討的過程，都有可能是我們在生活周遭所會遇見、會發生、甚至是發自我們內心的糾葛與掙扎。在他的短篇小說中，每一篇故事中的真相，都對主角的人生造成很大的影響，但是在真相揭曉之後，卻不一定會有好的結果。雖然說紙是包不住火的，萬事到頭終有報，但是從不同的角度來看的時候，究竟是誠實為上，還是抵死不認才好，這種道德抉擇，應該就是他對讀者丟出來的挑戰，或是提出的疑問。當然，他的長篇小說也分別探討不同的主題，並留下思考的空間，讓讀者在看完小說後探索人性各種層面的深度與廣度。

特別是他寫的警察小說，並不是以警察來扮演名偵探角色，而多半是從警察內部、從各個部門的日常業務、同儕關係來發展故事的內容，講警察的因公而『不能說、不可說』、因私而『不可告人』的各種事件，所以比較會是心理層面的懸疑推理，也被認為是揭發黑暗面的社會派。

也因此，當他在一九八八年以《影子的季節》獲得第五屆松本清張賞之後，就被譽為『平成的松本清張』（我是覺得橫山沒有灰暗到像清張那樣，讓人看完書後會陷入沮喪！），成為知名作家。二〇〇〇年以《動機》獲得第五十三屆日本推理作家協會賞短篇部門賞。二〇〇二年的《半自白》在《這本推理小說真厲害！》及《週刊文春年度十大推理小說》均獲得第一名。他有不少作品都被拍成日劇，在二〇〇四年《半自白》被拍成電影時，橫山自己還出場客串法庭記者呢。著作除了前述之外，還有《第三個時效》、《真相》、《踩影子》、《登山者》、《臨場》、《顏》《震度〇》、《沒有出口的海洋》等。

橫山曾經入圍過三次直木賞，第一二〇屆以《影子的季節》、第一二四屆是以《動機》、在二〇〇三年第一二八屆則以《半自白》入圍。但是由於評審委員在看書以後，與跟小說內容相關的機構聯絡，問他們在這本小說中成為重要關鍵的要素，在現實生活中是否做得到，並得到一個否定的答案，於是評審委員就在評選時以『缺乏現實性』為由而讓他落選。別的評審委員也說：『這本書得了很多獎，沒有發現內容中的缺陷就授獎的（推理）業界也不對。』接下來還在雜誌上也以類似的理由批評讀者，引起了各界的討論與爭辯。橫山認為直木賞不但侮辱了推理作家們，也侮辱了讀者，於是他就發表了『與直木賞訣別宣言』。（啊，為什麼在這裡我很不適時宜地想起秋瑾和林覺民？）據說若非如此，第一三〇屆的直木賞鐵定是會給《登山者》的呢。不過這也留給我們這些推理迷一個辯論的主題：推理小說裡面的詭計或是描述，一定要像科學論文中的實驗過程那樣，是別人可以依樣畫葫蘆，照著重做的嗎？

言歸正傳。《看守者之眼》這本書，是由六個短篇所組成的。套用編輯的說法：『我覺得重點不在兇手、偵探，甚至也不在推理，而是講人心的狹窄、惡劣、自作自受，每個故事都彎有那種結尾精采有力的閱讀快感！』

舉出其中兩篇的內容來說說：

〈看守者之眼〉的主角是在R縣警察署教育課任職的女性事務員山名悅子，她的工作是編輯雜誌《R縣警員》，但是在要介紹退休人員的特輯稿件中，她卻發現稿子少了一篇。少的是近藤宮男這位工作了三十八年，其中有二十八年都在當看守所管理員的手稿。但是在她到近藤家拜訪時，悅子從他太太口中聽到的，卻是近藤『辦案』去了。原來近藤由於在唸警察學校時的成績平平，當不上刑警，在當看守所主任的長年之間，也還是沒放棄年輕時的夢想，所以想在退休前，把發生在一年前的一件『家庭主婦失蹤事件』給解決。因為那個案件的嫌犯曾經以別的案子被關進看守所，而根據近藤長年練就的『看守者之眼』，他覺得這個事件有鬼！

為了不爆雷，我只能說近藤確實一償宿願。精采部分當然是在中間過程囉！

〈祕書課的男人〉的主角是位縣長祕書課的課長。他覺得最近縣長對他的態度跟往常大為不同，於是開始一一檢討到底自己是做了什麼還是沒做什麼、是不是縣長看見民眾投書、還是有人在縣長前說了他的壞話……自省的過程完全就是個尋跡推理，卻又充滿著人類勾心鬥角的心理分析。所以，如果你的職稱與工作內容是國會或民代助理、企業特助、祕書的人，此篇必看！總是小心翼翼地維護人際關係、揣摩上意的人，本書必備！若是你是那種為了自己的目標認真做事，卻總是被那些汲汲營營的人視為假想敵，沒事就被扯後腿的人，把這篇當成勵志文來熟記在心吧！這樣的話，你就會發現那些人的日子過得多痛苦，可以寄予同情，不跟他們計較啦。

看完這本書，多少可以知道橫山在記者生涯中，跑過哪幾條線，也可看出他一定是個用心的記者。而我在選書上對橫山偏心，卻是因為他寫的警察小說，讓我回想到我跟警察合作時的難得經驗。我的工作，和本書其中一篇的主角一樣喔！這也是我之所以會知道一些『橫山所不知道的內幕』的原因。算我勝之不武吧，呵呵呵。

目錄

看守者之眼

1

好冷。冷到骨子裡了。山名悅子站起來，打開原本蓋在膝蓋上的毯子，然後以毯子包裹住自己的下半身。這刺骨的寒意好像在抗議氣象局的『暖冬』預報一樣，展現了強大的意志，讓人不得不正視它的威力。大樓內的暖氣被關掉了以後，悅子這才理解到今天早上聽氣象預報時，預報員為何會拐彎抹角地解說即將到來的天氣情況了。

——雪快點停吧！否則就回不了家了。

R縣警各單位的辦公室並排在R縣警察總部大樓的三樓。教育課的辦公室裡鴉雀無聲，只有悅子仍然被留在辦公室裡加班。她看到其他同事踩著開心的步伐，去參加新年會時，真的感到欲哭無淚。為什麼自己的命運就是非留下來加班不可呢？不過，她其實根本沒有多餘的時間去怨恨自己不能參加新年會這件事——因為她不僅沒有時間參加，也沒有心情參加。

悅子桌子上的稿件和校樣堆積如山。她所負責編輯的縣警機關雜誌《R縣警員二月號》截至目前為止，進行得並不順利。檯燈的燈罩上，貼著加藤印刷廠的社長用紅色筆寫的字條：『一月二十五日校對完畢，二十六日印刷，二月一日發行』。這樣的字條讓悅子感到很絕望。今年，她要在老鳥上司的指導下，幫忙編輯這份雜誌，但是這位上司馬上就要退休了，目前正在享受退休前的長假，留下她單獨作戰。悅子現下根本想像不出自己把B5大小、六十四頁、已經印刷好的雜誌，分送到各個單位時的模樣。

——很簡單，妳就做吧！

她從書架裡拿出一個用簽字筆寫著『赤』的商業信封，然後把信封裡的東西全部倒在桌子上。那是二、三十張嬰兒的特寫照片。這是相當受歡迎的專欄『吾家之寶』所要用的照片，全是又傻又驕傲的為人父母所拍的。悅子一張張地審視寫在照片後面的小嬰兒的姓名、出生年月日、小名和父母的名字及所屬的單位，然後仔細地將這些資料抄寫在表格上，但是寫到第七張的時候，她停下來了，因為這張照片漏寫了某些資料。照片上的是S署交通課巡查主任的兒子，照片背後漏寫了嬰兒母親的名字。

——怎麼沒有寫母親的名字呢？

悅子轉眼看了牆壁上的時鐘一眼。已經七點了，那位巡邏隊長應該已經回到家了吧？真是麻煩。就算悅子想打電話到他家詢問，R縣警也沒有網羅全體員警的通訊錄。不過，她進入R縣警察總部工作時，曾經聽說以前是有全體員警通訊錄這種東西的，而且還每年更新，可是因為害怕人員的個人資料外流，所以後來就把那種東西給取消了。當然，各個轄區的警署裡，一定有各自署內人員的資料名簿，只要去問S署的代班巡查主任就可以了。可是不知怎麼著，她就是沒有那種勇氣去問。悅子覺得自己不是女警，只是一個在總部上班的女性事務員，位於第一線的員警是不會知道自己的名字的。因此就算打電話去問了，說不定還會被對方的代班巡查盤問半天，問：妳是誰？真的是教育課的人嗎？和我們的巡查主任是什麼關係？

悅子把照片收攏起來，放回信封裡，然後把印刷廠的初校校樣攤在桌子上。有〈年頭省思〉、〈派出所的觀點〉、〈接受十年表揚獎〉等三篇文章。她依序檢查了內文和標題，所幸沒有什麼需要大幅變動的地方。她的心情因此變得稍微愉快起來，於是便伸手去拿書架上還沒有修改的稿子來看。『美味與價廉的店』，這是員工們介紹去過的店家的專欄，不知道為什麼，大部分介紹的都是蕎麥麵店。『立功事件簿』，是建立功績的刑警或鑑識課的人執筆寫的報導性文章，這個月寫的是逮捕強盜事件的過程……平常悅子總是以輕鬆的心情看這種文章，今天晚上卻看得有點吃力，好不容易才下好標題，在版面設計用的紙上填下照片的位置。把這份資料放進要送去印刷廠的信封裡後，悅子站起來了。

手已經凍僵了。她從櫃子裡拿出小型電暖爐。

——好，要處理最大的問題了。

悅子拿出一個厚厚的信封，信封上寫著一個『退』字，裡面裝的是預定今年春天退休的警官、事務人員的退休手記與照片。今年有四十七個人要退休，為了慰勞他們多年來的貢獻，所以有一個特別的專欄。每年的二月號的最大重點，就是『您辛苦了特集』。

悅子先著手做整理的工作，把預定退休者送來的文章，和從警務課借來的大頭照，分別用迴紋針別起來。可是，才一開始做這個基本的準備工作，她就馬上停頓下來。悅子現在手上拿著『教育課主角．久保田安江』的照片，悅子是她工作上的接班人。安江的這張照片拍得很好，應該說是表情拍得很好，好像鼻子正好輕輕地呼出氣，非常舒適、優雅的表情。悅子以前從沒有在安江的臉上，看到過這樣的表情。

安江的文章述說了二十年來做為一個編輯的辛苦，也回憶了取材時的點點滴滴，及對《R縣警員》這份雜誌的感情。『以工作為情人』是一直未婚的安江的口頭禪。可是，不願意把心愛的情人讓給別人的心情，究竟藏到她內心的哪個地方了呢？她對悅子一向冷淡，所以一起工作一年，直到她就要走了，兩個人一直沒有敞開心胸好好地聊過。

悅子帶著複雜的心情看安江的文章時，心突然揪了起來。安江這麼寫著：

> 就像放手讓孩子自己去飛的母親一樣，我的心是寂寞的。但是，接任我的工作的山名悅子小姐，將會以年輕、活潑的心，繼續照顧《R縣警員》。所以，我想我可以安心地站在讀者的這一邊，期待《R縣警員》的新發展。

悅子覺得憂鬱起來了。竟然被付予照顧『孩子』的重責大任，這個負擔實在太大了。原本她就對編輯警察機關雜誌沒有什麼熱情，想到未來或許還要繼續編輯《R縣警員》十年，甚至二十年，她就……

悅子剛滿二十六歲，雖然不知未來會發生什麼事情，但是她希望不管自己有沒有結婚，都能夠繼續工作下去。六年前她參加地方公務人員考試的原因，並不單純是因為不景氣的經濟情況下，公務人員比較有保障的關係。悅子的父親身體很不好，必須經常往返醫院，可是因為他是縣政府的公務員，所以生為家中四姊妹最小的悅子，也能讀到短期大學畢業——這都是因為公務員福利比較好的關係。這是悅子早就知道的事。另一方面，悅子的母親原本在地方性的百貨公司裡當商品顧問，卻在泡沫經濟崩潰的情況下，莫名其妙地失去了工作，從此在家中整天咳聲嘆氣，完全變了一個樣子。原本是家中支柱，像太陽一般存在的母親，一直是悅子崇拜的對象，但從她失去工作後，悅子不得不重新認識她。

悅子剛進短期大學的時候，就已經決定將來要當公務員了。只是，她的目標不是縣政府的單位，也不是學校，而是和警察事務有關的工作。因為平日看多了父親的工作，總覺得縣政府單位的工作太過平板，她雖然想要安定的生活，但也希望生活中有一些小小的刺激。平常她就喜歡看刑警辦案的影片，也常常閱讀推理小說。在進入R縣警察總部工作之前，她便經常幻想殺氣騰騰的刑警們在縣警局裡怒吼的場面、層層揭開的事件之謎，或破案之後眾人歡樂地圍在一起的場面。自己未來的丈夫該不會是刑警吧？這些無傷大雅的想像遊戲，讓進入縣警局之前的悅子非常愉快。

然而考上公務員資格後，她卻被分發到一個幾乎聞不到任何案件味道的教育課。管理部門中的教育課課員，都是很優秀，又忠厚老實的男子。總之，在警察的世界裡，警察的地位是絕對的，只有警察會大聲說話，其餘不管是哪一個課，所有事務職員的聲音都不會比警察大聲。即使是安江，也只有在喝醉酒的時候，會大聲地吐真言。『哭泣中的孩子與警察是無敵的』，就是這樣的吧——

『巡邏！』

教育課的門被打開，出現在門口的，是拿著手電筒的保安課的高見女警。

『辛苦了。』

悅子和高見同時開口說同樣的話，但是點頭表示禮貌的，卻只有悅子。

『請節約用電。』高見女警很明確地說。

悅子立刻關掉電暖爐的開關。但是從高見的表情看來，她所說的節約用電，指的好像是房間裡的電燈。悅子意識到這一點後不禁臉紅了。

她把辦公室內的日光燈關掉一半，室內的寒意立刻變得更加明顯。坐在桌子前的悅子一邊嘆氣，一邊看著高見女警剛剛消失的門口。為什麼自己要表現得那麼卑微呢？論年紀，自己還比對方大一歲，而且，自己從來不覺得擔任警務職位的人會瞧不起事務職位的人呀！悅子也有交情不錯的女警朋友，平常在一起時會互相開玩笑，並且經常一起去吃東西、逛街買東西，當然有時也會有意見相左或感覺不對盤。『工作』和『職務』——悅子有時也會覺得這兩者之間的距離，是很難消除的。

——做完這些就回家吧！

悅子重新打起精神，拿下迴紋針。還剩下四十三個人。看回顧手記上作者的名字，再對照照片後面的名字，姓田中、鈴木、吉田的有好幾個，必須謹慎一點才行。

馬上就熬過去了。數量減少之後，要對人物與名字就容易多了，還有五個人……

咦？怎麼會這樣呢？悅子不解地歪著頭。

剩下五張照片，但是回顧文章卻只有四份。悅子連忙把可以湊成一對的照片與文章組合好，剩下來的那張照片背面的名字是：

『F署警務課看守所管理主任．近藤宮男』

悅子先是打開上面寫著『退』的信封看，但裡面空空盪盪的，什麼也沒有；接著她又朝疊放在桌子旁邊的校樣堆裡尋找。一邊找一邊冒冷汗。

不見了嗎？……

不會吧？負責邀請退休的人寫回顧手記，並且把他們寫的文章收回來的人，是前一任的安江。難道是她的失誤嗎？可是安江把文章和照片裝在信封裡交給自己的時候，確實是說：『全部收回來了。』

悅子把頭伸到桌子下面看，地上並沒有任何遺落下來的東西。她站起來，來回看了一遍這個辦公室內的地板，仍然是什麼也沒有。不可能這樣的呀！她重新檢查一次桌上的四十六份稿件，看看有沒有重疊在一起的稿子。

沒有。一個人一份，沒有多出來的稿子。她打開電腦，叫出預定今年退休者的名單，每一個名字都仔細地看。近藤宮男……有，確實有這個名字，是今年春天要退休的人。

悅子匆匆忙忙地打開手提包，拿出手機，打電話到安江的家裡，可是電話沒有人接，她只好很快地在答錄機上簡單地留言，然後再一次檢查桌子的四周，又看了一次信封的裡面。

——真的有那份稿子嗎？

或許是安江搞錯了。是她忘了向近藤邀稿？還是她以為稿子已經拿回來了，其實並沒有？那位近藤先生也很有可能根本沒有把稿子寄過來。

近藤宮男……沒有聽過這個名字。是F署警務課看守所的管理主任……F署……對了，這個F署去年發生了一件主婦失蹤的案子，曾經很受矚目。

啊！悅子突然輕呼出聲。

然後，她又拿起手機。她想到F署裡有一個熟人——天野小百合。小百合和悅子同期進入R縣警察單位就職，做的也是事務性的工作。悅子稍微猶豫了之後，沒有打小百合的手機號碼，而是打到她的住處。聽說小百合最近有男朋友了，或許現在還沒有回到家，但是，如果她身上沒有帶著F署員警的通訊住址或電話，就算找到人在外面的她，也沒有什麼用處。

（啊，小悅？有什麼事嗎？）

運氣不錯。手機裡傳來小百合甜甜的聲音。

『抱歉喔。我想請問妳一件事情，所以才在這個時間打擾妳。』

接著，悅子長話短說地說明了自己打這通電話的原因。

（近藤？……啊，那個傢伙怪怪的。）

怪怪的？……

小百合突然住口了，這讓悅子十分著急。隔了一會兒之後，她的聲音才又從手機裡傳出來，把近藤宮男的住址、電話號碼唸給悅子聽，悅子把這些寫在便條紙上。悅子想道謝，掛電話時，小百合阻止了她，然後問：

（小悅，妳和男朋友怎麼樣了？）

悅子一時說不出話來。

『——我們可能會分手吧！』她好不容易才這麼說。

聽口氣，小百合好像想找人聊天的樣子。

（我也是吧！）

『對不起，我現在很忙。我再打電話給妳。』

掛斷手機後，悅子立刻拿起桌子上的電話，按照寫在便條紙上的電話號碼，撥了電話。鈴聲響了很多次，仍然沒有人來接聽。

悅子一手拿著聽筒，空下來的那一手便去拿近藤的照片來看。為了把同一個人的文章與照片放在一起，她剛才就只注意看照片後面的名字，沒有認真看照片上的人的模樣。

悅子吸了一口氣。

白皙的臉、瘦削的臉頰、尖尖的鼻子、凹陷的眼窩……

悅子忍不住發抖，而電話那邊的聽筒正好被拿了起來。

2

九點半時，悅子離開縣警察總部的大樓。

天氣太冷的緣故，車子無法馬上發動。悅子的手緊緊握著冰冷到讓人覺得疼的方向盤，準備前往近藤宮男的住處。剛才來接電話的，是近藤宮男的妻子有紀子女士。她說：近藤出去了，沒有帶手機出門，但是應該很快就會回來了，妳可以過來沒關係。有紀子女士都那麼坦率地說了，悅子也就立刻離開了辦公室。

新年會的氣氛現在一定是最high的時候吧！課長大概會提議要續攤，如果自己去的話，一定會被當作服務生吧？那樣一點也不好玩。想到這裡，悅子有點賭氣地用力踩了一下油門。

今天晚上一定要見到近藤本人，把回顧手記的事情搞清楚。到底是漏了請他寫呢？還是安江把近藤寫好的稿子弄丟了？或者是近藤還沒有寫？

不……

是近藤根本不想寫。悅子突然有這種感覺，因為他的妻子有紀子並不知道丈夫被拜託寫回憶手記這件事。悅子的腦子裡突然浮起那張有著凹陷眼窩、看起來非常陰沉的臉。悅子心想：一定是近藤根本不想寫。

——為什麼會是這樣的？

四十七個人當中，即使只少了一個，也是一件大事。不管怎麼說，二月號一定得刊登所有要離職人員的照片與回顧手記才行。對警察組織而言，警官的退休儀式是非常重要的，悅子非常明白這點。退休的儀式裡，一定會極力吹捧、讚美要退休的員警，並且給予最熱烈的掌聲，謝謝他們竭盡心力，完成了那麼多工作。這樣的儀式雖然充滿了對退休人員的讚揚，其實更重要的，是要鼓舞還沒有退休的人。歌頌前輩們的業績，和讚揚警察這個職務的偉大，目的就是要還在職位上工作的員警們，好好效法前輩，努力工作，這樣組織才能有美好的傳承。大家都說喪禮其實不是為死人辦的，而是為還活著的人辦的，這應該是類似的意思。

好不容易暖好車子，終於可以開動了以後，悅子立刻驅車前往目標中的住宅區。近藤在開始退休前的長期休假後，便立刻著手搬家。他原來住在F署的警察家族宿舍裡，現在已經舉家搬到一間出租的獨棟房子。這棟房子位於住宅密集的老社區之中，離最近的電車站走路要十分鐘。

『來，快請進，快請進。不好意思，家裡還沒有收拾好，很髒亂……』

和從電話裡聽到的聲音感覺一樣，有紀子非常爽朗地請悅子進入屋內。屋子裡確實還沒有整理好，悅子所走過的每個空間裡，都可以看到印著搬家業者標記的紙箱堆積如山。

有紀子說要去泡茶後就不見了，但她卻從悅子看不見的地方發出聲音，和悅子繼續說話。她說他們有兩個兒子，目前都在東京讀大學，都住在學校附近，每個月的花費大約要二十萬圓……在她踩著劈劈啪啪的腳步聲回來起居室之前，她又拉拉雜雜地說了一些他們家裡的事情。

『應該快回來了吧——啊，這個暖爐放在腳邊吧！』

『謝謝——近藤先生去哪裡了呢？』

聽到悅子這麼問，有紀子有一些皺紋的圓臉上，現出了像少女一樣的笑容。

『哎呀！因為我先生是刑警嘛！』

刑警？……

近藤不是看守所的管理主任嗎？

『我都叫他地窖刑警。』

『唔？地窖？……』

有紀子又嘻嘻嘻地笑了。然後說：

『以前叫他基督山伯爵。』

她一派無憂無慮的樣子，笑嘻嘻地說著丈夫的事情，但是在悅子聽來，並不覺得那是什麼有趣的事情。

近藤三十八年的勤務工作中，當了二十八年的看守所管理員，一直無法實現年輕時想當刑警的願望。可是有紀子說，他雖然在看守所裡工作，卻沒有放棄當刑警的夢想。看守所裡的工作雖然是負責監視、照顧犯人，但整天和各種犯罪者在一起的結果，即使不願意，也會很自然地培養出所謂的『刑警眼』。所以，R縣的縣警組織裡似乎有一個慣例——不論是哪一個管轄區的新進刑警，都會先到那個管轄區裡的看守所見習個一、兩年。近藤把自己的命運投注在這個不成文的制度上，每當調動工作地區時，就會舉手自動要去看守所當管理人，他認為這樣，自己總有一天會被錄用為刑警——

悅子胸口不禁湧起一陣同情。

『他這麼想當刑警，為什麼當不了呢？』

『他是當不了刑警的，因為他在警察學校的時候，功課一直很不好。』

『哦……』

『啊，妳知道吧？畢業時候的名次是死的，是會跟著人一輩子的，如果名次不夠優秀，就絕對當不了刑警。』

悅子第一次聽說這樣的事情。

『所以說，他精神上是刑警看守所管理員，我才叫他地窖刑警。』

悅子想笑，想表現出覺得這個話題很有趣的表情，卻笑不出來。

還在實習階段時，悅子曾經拜訪過管轄區內的看守所。那是R縣內最古老的一間看守所，因為內部正在進行水管整修的工程，被拘留在裡面的犯人都暫時遷往別的看守所，裡面一個犯人也沒有。雖然明知道裡面一個犯人也沒有了，悅子仍然記得自己去那裡時，腳不停地在發抖。從刑警課通往看守所的狹窄走廊的前面，是一扇生鏽的鐵門。陪著一起去的課長按了入口處的黑色按鈕之後，鐵門旁邊便打開了，看守所裡的管理員透過窺視孔，確認門外人的身分後，才打開門鎖，接受來者的訪問。看守所裡的世界是另外一個世界，那裡的空氣混濁、燈光昏暗。悅子一群人被帶領著走過接見室、保護室、浴室。看守所內的中央有一塊較高的地面，那裡就是看守台。悅子也被要求站到台上去看看，一站上去，就可以輕易地環視像扇子一樣排列的九間牢房。冰冷的鐵格子門、腐敗的氣味。耳朵好像可以聽到鐵門開啟或關閉的金屬聲——

聽說新建的管轄區內的看守所是現代化的，而且也很明亮，管理員利用電視螢幕就可以監看被扣留在看守所中的犯人的情形。不過，悅子的腦袋無法想像那種畫面，只知道現代化的看守所氣氛，和那天她踏入的看守所有很大的差別。

『已經這麼晚了呀！』

有紀子的聲音把悅子從沉思中喚回來。已經十點半了。

『那個……近藤先生一定是去哪裡了吧？』

『一定是去調查了。』

『調查？』

有紀子嘻嘻地說：

『地窖刑警終於走出地窖了。因為退休了嘛！』

悅子呆住了，不知道要接什麼話才好。

有紀子很開心似的敲敲身旁的紙箱，說：

『這些呀，都是那個案子的資料。不過，大部分都是剪報之類的東西。』

悅子愈發不知道自己該說什麼了。

『妳說的「那個案子」是……』

『哎呀！就是那個嘛！一年前發生的無屍殺人案呀！』

悅子不自覺倒吸了一口氣。

山手町的家庭主婦失蹤事件——

那是引起社會大眾廣泛注意的大事件，一樁既醜陋又充滿懸疑的案子。電視上曾經連續對這個案子做追蹤報導，喜歡推理的悅子當時也非常熱中。R縣警在這個案子上吃了敗仗，全力追查到最後，雖然逮到了死者婚外情的對象，卻無法讓那個男人俯首認罪，只好釋放了那個男人，真相至今未明。

近藤還在調查這個事件？怎麼可能？

『可是，近藤先生不是刑警呀！』

『就是那個啊，刑警利用隨便一個小罪藉機把嫌犯抓起來盤查的。那個男人因為竊盜案被抓，在看守所的時候，我先生照顧過那個人。』

『哦？那麼，那時近藤先生有掌握到什麼線索嗎？』

有紀子突然板起臉孔，說：

『山野井那個傢伙，一天比一天有精神。』

有紀子顯然是在模仿近藤說話的樣子。悅子看了，忍不住笑了。說：

『這個……有什麼涵義嗎？』

『不知道。』

大概是完全猜測不到什麼的關係吧？有紀子突然像洩了氣的球般說道。

悅子被鼓動起來的好奇心，也因此一下子萎縮了。悅子對那個家庭主婦失蹤的案子，確實有很大的興趣。可是，那是曾經動員百人連續調查數日，都無法破案的事件。一年後的今天，一個原本是看守所管理主任的人，卻還在追蹤這個案子。悅子無法對這樣的事情有真實感，而且，她今天來的目的，並不是為了了解近藤現在在做什麼事，她想要的是稿子。

然而，已經快十一點了。有紀子人很好，但是悅子覺得自己也不能太過分。就算已經接近近藤要回來的時候了，這個時間家裡還有一個陌生的悅子坐在客廳裡，身為女主人的有紀子會怎麼想呢？恐怕心裡會覺得不舒服吧？或許很生氣也說不定。和有紀子談過話後，悅子對近藤的感覺有相當大的改變，不過近藤那張看起來很陰沉的臉，並沒有因此從悅子的腦海裡消失。

下次再來吧！悅子打定主意後，便從記事簿上撕下一張白紙，在紙上寫下來找近藤的事由，並且留下自己手機和家裡的電話號碼，希望近藤不管什麼時間，都要盡快和她聯絡。

走到玄關穿鞋子時，暖爐的威力一下子降低了許多。

『打擾到這麼晚，真是抱歉。』

『我才應該道歉呢。真是的，那個人是怎麼搞的——』

有紀子說著，又嘻嘻地笑了，然後又說：

『不過，就隨他吧！畢竟他也渴望好久了，就做那麼一次刑警，應該也不會受罰吧！』

3

回到住處後，悅子覺得家裡的公寓地板冷到無法形容。

電話答錄機的信號燈在閃。是近藤打來的嗎？悅子帶著非常期待的心情打開答錄機，但是答錄機放出來的是俊和的聲音。妳好像很忙呀！室內響起這個帶著諷刺意味的聲音。聲音一結束，室內又恢復沉靜。

——開什麼玩笑嘛！有事的話，打手機來就好了呀！

悅子用力地按了答錄機上的按鈕，刪除那通留言。

遠距離的戀愛。不，或許已不能說是戀愛了。從那天起，他們已經有三個月沒有見面了。在博多的那個夜晚，突如其來的求婚，讓悅子非常意外。

悅子對俊和的心意是ＯＫ的，但是卻不知道該怎麼說才好，這讓她感到不安，當時悅子的腦子裡閃過父母的身影。她的心裡還沒有要和俊和在一起的覺悟，一想到婚姻的生活，她就會立刻聯想到父母。

俊和大概認為悅子一定會答應，所以臉上的表情非常有自信，這讓悅子更加不安。俊和看起來很年輕，是悅子高中時高悅子一年的學長，二十七歲，是個時常調職的上班族。博多的夜色讓人心裡發慌。悅子沉吟了半天後，終於說了：可是，我不想辭掉工作——

悅子並沒有要拒絕俊和的意思。俊和是R市的人，又是長子，將來一定會回到R市和父母生活——悅子愣愣地想著這些事。可是俊和卻因為她的那一句話，表情變得扭曲，並且不再開口和悅子說話。悅子很害怕自己因此被俊和甩了，那天晚上便抱著像妓女一樣的心情，偷偷地鑽進俊和的員工宿舍。接下來的事悅子不願再多想，她被粗魯地對待，那根本就是強暴。這樣的想法愈來愈嚴重。

——好冷……

鋪著木板的房間簡直像冰箱一樣。

空調根本一點用處也沒有。悅子從頭到腳都包著毯子，卻仍然覺得冷得走到暖爐前的力氣也沒有。

近藤沒有打電話來。日期已經向前邁進一個數字了，不管是家裡的電話，還是一直開著的手機，都沒有響起。

悅子心中的疑惑像煙霧一樣彌漫開來。這麼晚了還不回家，到底做什麼事去了？調查？太可笑了吧？近藤不是刑警，而且是一個即將退休、正在放長假的人呀！剛才在有紀子面前，悅子裝成很關心的樣子，其實心裡並不是那麼相信有紀子所說的近藤。已經是六十歲的人了，竟然還想追查事件？這未免太孩子氣了。或許他根本是在欺騙人太好的妻子，不曉得跑去哪裡玩了。可能去喝酒，也可能去什麼酒吧了。也或許外面還有女人。外面多的是色情電話、援助交際、網路交友之類的誘惑，上了年紀又不受歡迎的男人，最容易陷入那種遊戲之中了，不是嗎？

在悅子輕視地這麼想之後，一個念頭打斷了她亂七八糟的思考。

不過，當刑警是他的夢想。已經在看守所的看台上坐了二十九年的男子——二十九年……二十九年前，那時悅子還沒有出生。即將結束平凡到極點的警察人生的近藤，究竟在想什麼……不知道。悅子想像不出來。但是就在她百思不得其解時，忽然靈光一閃。

悅子的視線移到擺在牆壁那邊的彩色箱子。

她把毯子披在身上，彎著腰往牆壁那邊走去。每一個箱子都裝滿了機關雜誌的資料，她想到的東西應該就在這裡——廣告課製作的新聞集錦剪貼冊。

找到了。悅子抱著厚厚的剪貼冊，回到剛才暖爐旁邊的位置上。打開剪貼冊後，很快就看到了『山手町家庭主婦失蹤事件』。關於這個事件的報導很多，事件發生至今正好滿一年。

咦？

悅子突然有種奇妙的感覺。

她看著牆壁上的日曆。一月十三日。確確實實正好是一年。那位家庭主婦失蹤的日期，就是一年前的一月十三日。

悅子的心情開始不安起來。

那位近藤一定知道這個日子吧！因為他知道今天正好是滿一年的日子，所以——

悅子的眼睛看著半空中，眨了好幾下眼皮。

還是得不到答案。

可是，悅子內心對這件事的好奇心已經排山倒海地湧上來了。她原本就對這案子有極大的興趣，翻閱這個記事的時候，當時的記憶便一一甦醒了。

這個案子始於一樁離奇的失蹤事件。

住在山手町的二十九歲家庭主婦九谷惠美子，在傍晚出去買東西時失蹤了。五天後，同樣住在山手町，三十歲的珠寶商山野井一馬因為竊盜事件被F署逮捕。但是就像有紀子說的，警方的目的很明顯是另外一個事件。單身的山野井和有夫之婦九谷惠美子兩人之間有不正常的關係，R縣的警方經過研判，認為他們兩個人感情惡化了，因此山野井殺死了九谷惠美子。

山野井被捕之後，很老實地接受了警方的調查。他承認和九谷惠美子有肉體上的關係；而提出要分手的人是九谷惠美子。山野井也承認九谷惠美子失蹤當天，他確實在超級市場的停車場與惠美子見過面。這是調查人員尋訪到的目擊者提供的證言。但是，山野井只承認到此，他說：

『我們只說了五分鐘的話，就分手了。』

無屍殺人事件——

媒體在報導這個事件時，下了這樣聳動的標題，這個事件也因此引起相當大的騷動。而接下來所出現的種種間接推測的證據，在在顯示兇手就是山野井。當時報紙和週刊雜誌紛紛大幅報導這個事件，聲勢非常驚人，但是更驚人的是電子媒體像大洪水一樣的大量播報。

不管怎麼說，這實在是一件充滿話題性的事件。惠美子是像模特兒一樣的美人，而且還是一個賢慧的媳婦，一直照顧著因為中風而躺在病床上的公公；她的丈夫九谷一朗雖然個子不高大，但是五官輪廓立體，感覺很像混血兒。他在地方銀行擔任融資課的小主管，事件發生後，他非常配合記者的要求，一點也不排斥地站在電視攝影機的鏡頭前，侃侃而談對妻子惠美子的思念，有時還會情緒激動地哭泣，更對被視為嫌犯的山野井表現出明顯的怨恨情緒。他說：『我要殺他。』這句會令人瞠目的話，透過電視螢幕，傳進了大家的耳朵裡。而事後也證明，這個九谷先生說的話並不是騙人的。

另一位主角——山野井給人的印象更為強烈。他有一百八十公分的身高，長相有點怕人，會讓人聯想到紅色的鬼。這位山野井住在山坡上的一棟三層樓建的豪華別墅裡，有一輛紅色的保時捷愛車。他的父親是曾經被視為有能力影響國家政治的大人物——已故的田中弓成，他的母親是田中的小老婆，曾經也是一位廣為人知的民歌手。在母親的溺愛之下，山野井雖然號稱是珠寶商，其實什麼事也沒有做，靠著父親的遺產，就過著養尊處優的日子了。山野井因為從小在校的成績就很優秀，所以父母不吝惜給他金錢。另外，他也是高爾夫和滑雪的好手，專業級的水準。

根據山野井的供述，他與惠美子是事件發生前的一年半認識的，地點是市內的某家咖啡廳。當時他們很湊巧地都坐在吧台邊，並且緊鄰而坐，因為民歌的話題而談得很投機，沒多久就發生進一步的關係了。後來，兩人便常常在山野井的住處私會。可是山野井的母親因為長時間過著避世的生活，對人有極度的恐懼感，所以並沒有注意到他們以家代替旅館的事情。兩個人的感情生變，是事件發生前一個月左右的事。惠美子突然表示要分手，原因是『害怕這種不正常的關係繼續下去』。

於是，山野井便殺死了要離開自己的惠美子——每個人也都是這麼想的。

間接推敲出來的證據非常多，但是最具決定性的證詞，是惠美子的朋友說的話。那個人說在惠美子失蹤前一個星期的某天深夜，接到了惠美子的電話。惠美子在電話裡說外遇的那個對象不願意分手，她很害怕，說不定會被殺死。說電話的時候，惠美子一直在哭。

關於目擊者的證言還有很多。惠美子失蹤的前一天，也有很多人看到他們。住在山野井住處附近的家庭主婦，就在山野井的別墅附近的路上，看到山野井毆打惠美子的臉。這位家庭主婦聽到山野井大聲罵著：『不要玩弄人！』還看到惠美子眼睛下方瘀青、腫起的模樣。

失蹤的當天下午四點過後，惠美子出現在常去的超級市場。有好幾名店員證實當時她的右眼上戴著眼罩；收銀台的女性收銀員則在惠美子付錢的時候，看到她的手腕和手背上有好幾個瘀青的痕跡。這是最後看到惠美子的人的說法，之後就沒有人再看到她。而她開到超級市場的車子，被孤零零地留在超級市場的停車場，她則失蹤了。但是——

山野井也在這個超級市場的停車場出現了。有人看到他的紅色保時捷，那是一輛很顯眼的車子。第一天有三個人說看到他的車，再來又有五個人說看到，再來是十個人，可說是愈來愈多。

縣警單位還掌握了接近物證的東西。

離山野井住處約一公里的北邊，有一家園藝業者。這家園藝業者的院子裡原本有三把鏟子，突然不見了一把。其中一把被留下來的鏟子鏟柄上，驗出了山野井的指紋。山野井就是因為這一點，而遭到另案逮捕的命運。山野井可能使用那把鏟子掩埋了屍體。警方認為山野井的想法是：如果在店裡買的話，一定會暴露痕跡，所以才會去偷鏟子。

警方去搜索山野井的家時，也有相當的收穫。雖然沒有找到鏟子，但卻在他開出去滑雪用的賓士吉普車上，找到了惠美子的毛髮。而且，找到毛髮的地方並不是在駕駛座旁邊的椅子上，而是車子後半部放行李的地方。電視台在報導這件事時，便斷定這輛車是他搬運屍體時所使用的車子。

報紙和雜誌紛紛傳說山野井會再被逮捕。他因為惠美子想要分手的一番話，殺死了惠美子，開車把屍體載走後，再用鏟子把屍體埋藏起來。這個事件到這裡達到最高潮。

悅子一邊翻閱剪貼簿，一邊回想當時的情形。隱藏屍體的最好方法，莫過於埋入土中。套用警察的術語的話，就是『用土蓋』。那一陣子警察總部裡經常以『那傢伙會在哪裡『用土蓋』呢？』、『一定是在深山裡吧！』這樣的對話，來代替打招呼。但是，警方一直沒有找到埋藏屍體的地點。想知道那個地點的話，大概只能依賴山野井自己說出來。然而即使經過了二十天的嚴格審問，山野井仍然堅持自己是清白的。他在調查室裡被盤問時，態度非常冷靜，偶爾臉上還會露出淺笑。警方本來以為鏟子上的指紋與吉普車後車廂裡的毛髮，應該足夠讓他乖乖招供了，可是他卻以『或許是路過的時候，正好摸了一下』，或『應該是本來在前座椅子上的毛髮，被風吹到後面車廂去了吧』。因為這樣的辯駁，警方只好啟動測謊機，可是，三次的測謊測驗他都順利地過關了。警方在盡力之後，仍然無法確立他的竊盜罪名，因為已經過了拘留期限，山野井得以平安地離開看守所，這個案件也就因此落幕了。

啊，不，這個案子還有個尾聲。悅子一直沒有忘記聽到那件事情時的驚訝。惠美子的丈夫——九谷一朗，做了那件事情。當山野井被釋放，在停車場要上車時，一直藏身在暗處的九谷一朗突然衝出來，並且揮動著菜刀，從山野井的背後襲擊山野井。九谷一朗在眾目睽睽之下行兇，大批的警員和媒體記者、攝影師，都在離他們很近的地方，親眼目睹了那一幕。他們兩個人當場扭打起來，結果反而是九谷一朗被刺中腹部，受了重傷，第二天就死了。於是，山野井因傷害致死的罪名被起訴。但是，檢方認為山野井的行為是正當防衛，所以不予起訴。最諷刺的是，做出山野井的行為是正當防衛的證詞的人，正是最希望以殺害惠美子的罪名，將山野井逮捕起來的警方和媒體。他們都證明了山野井殺死九谷一朗的行為，確實是出於正當防衛。

因為發生了那樣的結局，媒體對山野井的氣勢一下子萎縮，並且改變槍口的方向，轉而以嚴厲的語氣撻伐警方以別的案件的方式逮捕山野井之事。山野井的律師還向媒體放話，要向警方提出損害名譽的告訴，讓R縣的警方非常頭痛。失去媒體的支持後，再加上人權團體的批評，『家庭主婦失蹤事件』竟然變成警方必須小心處理的『膿瘡』。如果山野井再度因為殺人嫌疑而被逮捕的話，警方的《R縣警員》雜誌裡的『大事件』專欄裡，一定會大書特書的吧！可是悅子把剪貼簿翻回去看，根本看不到任何有關這一點的記事，可見這個案件大概快變成R縣警的禁忌了。

『這樣不是很奇怪嗎？』

悅子忍不住發出聲音說。她合起手上的剪貼簿。

這樣的事情讓她覺得非常不愉快。惠美子一定是被山野井殺死的沒錯；殺了人，卻還能巧妙地騙過警方，這實在是令人懊惱的事情。雖說惠美子與人發生婚外情，是一件不應該的事情，但是她仍然很盡心地照顧長年臥病的公公，這應該也是她向山野井提出分手的理由之一吧？誰知山野井不僅不答應分手，還殺死了她。不止如此，他還殺死了深愛著惠美子的丈夫。不管山野井是不是真的是正當的防衛，這樣的事情實在太沒有天理了。如果山野井不殺惠美子，就不會發生第二樁悲劇了。縣警署真沒用，竟然就這樣放過了山野井。如果好好地逼出他的口供，讓山野井接受法律的制裁，惠美子的丈夫九谷一朗，就不會死了。

——沒人有辦法嗎？

悅子突然想起近藤那陰沉的眼睛。

時間已經是午夜兩點了，電話仍然沒有再響起。

——真的還在調查嗎？

不，說不定近藤已經回到家裡了，但是因為已經是這個時間了，就算他看到悅子留下來的紙條，也應該不會打電話來了。更何況，就算他回到家，看到紙條了，也未必會理會。這也是有可能的。

明天一早再打電話給他吧！悅子這麼決定後，便開始準備就寢。明天也會很忙，不能再為了等近藤的電話，而犧牲睡眠了。

可是床上很冷，讓悅子很難入睡，稿子的事也很讓她操心。不，最打攪她睡眠的，還是不斷地在她的身旁盤旋的那個聲音。

有紀子怪聲怪調地說的那句奇怪的話。

（山野井那個傢伙的樣子，好像愈來愈得意。）

4

教育課的辦公室裡彌漫著昏昏欲睡的空氣，很多人的臉上都掛著宿醉的表情，除了少數幾人外，這個辦公室裡根本沒有人有工作的心情。

『「宏偉」的「宏」，「孩子」的「子」，是「宏子」沒錯吧？好。知道了。』

悅子終於處理完『吾家之寶』的漏填資料。總共有五件。

『啊，對不起，打擾您工作了。請負責外送文件的深井先生——』

她一邊非常客套地說著，一邊覺得內心的憤怒與懊惱情緒逐漸升高。

近藤宮男又跑掉了。悅子起床之後，立刻打電話給近藤，但是他又已經出門了。有紀子說，近藤快天亮才回來，但是很快就又出去了。

有紀子也說近藤看過她留下來的紙條了。看到紙條卻還不回電，可見近藤根本不想寫手記。大概是為了追蹤、調查那起『家庭主婦失蹤事件』，就不管其他事，完全沉溺在他自己的『刑警遊戲』情境裡了。他想藉著這個『遊戲』洗刷自己當不了刑警的怨恨嗎？隨便他吧！可是，不管怎麼樣，也不要把位階低的事務人員不當人看呀！一篇回顧手記不過是一張四百字的事，寫完了之後再去繼續調查那個案件，不是也可以嗎？

無屍命案。悅子昨天晚上對這個案子的熱情，像虛幻一樣，已經完全消失了。近藤掌握到山野井是殺人兇手的證據了嗎？不可能。因為近藤如果能掌握到什麼線索的話，那必定是山野井被關在看守所，而近藤還在看守所當管理員的時候，那麼縣警不是應該可以根據近藤掌握到的線索，解決那起無屍命案嗎？莫非是他因為自己一直當不了刑警，所以為了向警察的這個組織報仇，才故意不把掌握到的證據讓警方知道嗎？

悅子才放下電話聽筒，加藤印刷廠的社長正好在這個時候進入辦公室。

『小悅，「吾家之寶」中午之前可以交出來嗎？』

『不知道。』

悅子沒好氣地說。自己會編輯得這麼辛苦，這個加藤印刷廠也必須負相當大的責任。五年前起，縣警總部的宣傳課互相配合的，一向是相當大的印刷廠友——好堂印刷廠，他們有很好的設計，只要把原稿交給他們，他們會幫忙處理版面，做好版面設計，甚至下好了標題，才會再送回來。不知道為了什麼，換成悅子負責這個工作時，竟然換了印刷廠——

正忙得團團轉的時候，久保田安江在快中午時打電話來。

（我聽到妳在答錄機裡的留言了。真的很抱歉——）

安江接著便解釋自己昨天和喜歡俳句的同好，一起去溫泉旅館住了一晚，直到剛剛才回到家。接著，安江就表示近藤的事情是自己在收取稿件時，一時疏忽所造成的錯誤。對不起、對不起，我們一起想辦法解決吧！安江說。她的聲音聽起來好像很興奮。

午休時間一到，悅子便擺脫糾纏不休的加藤社長，離開辦公室。從警察總部大樓到安江住的地方，坐車不用三分鐘。因為編輯的工作經常會忙到很晚才能回家，所以在安江還負責悅子現在的工作時，她想盡辦法在市中心買了一間平房。

『歡迎光臨！哇，好想念妳唷。』

安江拍著手，站在玄關口，誇張地歡迎悅子的到來。

悅子原本想抱怨兩句的，可是看到安江熱烈歡迎自己的樣子，就說不出什麼令人不愉快的話了。現在的安江和在辦公室裡時不同，完全沒有咄咄逼人的樣子。她曾經說《R縣警員》這本警察總部的內部雜誌是她的情人，看來她似乎已經把這個『情人』，完全讓給悅子了。或許所謂的『離開』，就該如此吧！不管是多麼喜歡的工作，追根究柢還是要經過課長或別人檢定，又會讓自己的神經緊繃，怎麼樣都比不上和志同道合的朋友，一起去洗溫泉呢。

『真的很抱歉。』

話題一轉到退休警員手記的稿子時，安江立刻低頭道歉。她說，因為預定今年春天離職的人除了她自己以外，還有四十六個人，所以當她收集退休人員的稿子時，忘了自己也是其中之一，所以算一算拿到了四十六份稿子後，就以為全部收齊了。

『怎麼？那位近藤先生不想交稿子嗎？』

『嗯，好像是的……怎麼辦呢？』

『如果是一般的稿件，只要請那個人的上司催促一下，通常就沒有問題了。但是……因為對象是要退休的人，所以這一招並不管用。』

『妳知道那位近藤宮男是怎麼樣的人嗎？』

『沒有見過。不過，關於他這個人，好像沒有什麼好評語，都說他有些陰沉，或非常固執。』

悅子覺得很洩氣。安江把身體往桌子的方向探出，說：

『振作點！以前我也有過相同的經驗。也是沒有辦法從一個要退休的人手中拿到稿子。那個人非常固執，他說：沒有做過什麼了不起的事，所以沒有什麼好寫的。』

『結果呢？妳怎麼辦？』

『面對面去找他要稿子呀！好幾次幾乎就撲到他的懷裡去了，最後他終於還是寫給我了。』

悅子覺得全身無力。

——這算什麼？自豪的話嗎？

悅子覺得自己和安江不一樣，不是強勢的人，個性上還有些怕生，對編輯《R縣警員》這份內部雜誌，也沒有太大的熱忱。而且，自己可能對『做警察』這件事，心裡還有某種情結。現在所做的事，也讓她不覺得自己是在警察單位裡工作的人。

『我太沒用了。』

悅子說的一半是事實。

『現在的我根本沒有做好《R縣警員》這份雜誌的信心。這個工作我已經做六年了，卻仍然無法了解警察們的事。』

『沒有關係。』

『唔？……』

『我們不是警察，只是在警察單位做事務工作的職員，所以不能了解警官們的心裡到底在想什麼。但是這樣也沒有關係，只要心裡有「我們是警官們的家人」這種心情，就可以了。』

『家人……』

『對。不管自己無法出人頭地，還是永遠只能待在偏僻的地方，都沒有關係，因為家人是英雄，是自己衷心支持的人，那就行了。同樣的，努力編輯《R縣警員》這個工作，就是自己支持的『家人』的行為。所以要加油、加油。』

有紀子像少女一樣的笑容突然掠過悅子的腦際。地窖刑警。嘻嘻——

『接著，就是要快點讓《R縣警員》成為妳的『東西』。我知道妳的工作很忙，但是一本雜誌不能只依賴別人的稿子，妳自己也要去做採訪，每一期都要寫幾篇稿子才行。不要老是關在辦公室裡，要經常和站在第一線處理案件的警察接觸，仔細聽他們說的話，然後以家人的心情，寫下採訪他們的文章。知道嗎？』

悅子沒有說話，她的心裡滿是焦躁與懊惱的感覺。

她知道安江這些話是在鼓勵自己，可是卻無法坦率地接受這些話。自己不是有紀子，也不是安江，所以面對問題的時候，處理的方式當然無法像她們那樣。自己能做的，就是讓《R縣警員》快點出版。

她不能逃避現在這個工作。如果放棄編輯《R縣警員》，就沒有工作的地方了。離開這個工作的話，自己能做什麼？結婚嗎？和俊和嗎？還是找別的對象？不，她害怕依賴男人生活的感覺。不想對太危險的事情下賭注。在博多的時候，她已經看到俊和的本性了，並且遭遇了他在性方面的暴力。不過換一個角度想，對她自己來說，有博多那一夜的經驗，或許是幸運的；如果結婚之後才發現他的本性，那……

『怎麼了？妳沒事吧？』

『啊……』

安江的臉看起來好大。

也有人對一直未婚的安江抱持揶揄的態度，說她是走上絕路的人。悅子的內心裡對這樣的安江，也有著幾分同情。但是，現在在她眼前的安江，看起來非常有生氣，一點都不是必須給予同情的對象。這是因為她是公務員的關係吧！四十年的工作期間裡，不僅不須擔心會被解僱，還可以開心地工作，又買了房子。今後即使退休了，因為有可以領到死的退休金，也不必擔心沒飯吃的問題。她的身分和收入都已經有相當的保障，雖然只是一個單身的女人，也可以過得好好的。

悅子伸直了背脊，說：

『知道了，我也會當面找他要稿子的。』

5

雖然沒有昨天那麼冷，但是入夜以後的氣溫仍然非常低。

晚上八點十五分，悅子開車前往R市郊外的山手町，她的目標是那裡的山坡上一棟三層樓建的別墅。除了那裡以外，她想不出可以去哪裡找近藤了。既然是工作上的事，就不要期待會有什麼樂趣。悅子一邊對自己這麼說，一邊踩了油門。

一進入山手町，民房明顯地減少，出現在車子大燈光芒下的，是一片雜木林。上坡以後，悅子終於看到別墅的影子，其中幾個窗口是有燈光的。一年前，電視螢幕裡經常出現這樣的畫面。當時，媒體不分晝夜地守在這棟別墅的前面。但是現在——

這棟別墅的前面一個人也沒有，周圍更是一片漆黑。車從房子的前面通過時，悅子忍不住覺得背脊一陣涼。前面是下坡的路段。沒有看到近藤，他應該不會在這裡的，現在還有誰會來這裡呢？什麼地窖刑警、調查？那只是一心把丈夫當成英雄的有紀子說的話吧？

——回去吧。

前面有十字路口，在那個地方迴轉好了。悅子下意識地將方向盤往左切。啊！她突然看到前面的路旁停著一輛車。大燈的光芒瞬間照出坐在那輛車子裡的人臉。坐在駕駛座上，臉色相當白的人——

是近藤宮男。

把車子停在那輛車的旁邊後，悅子覺得心跳突然加速，不知道接下來要怎麼辦才好。看來只好和他面對面談了。不對，她來這裡的目的本來就是這樣。悅子下車，走過碎石子路，繞到近藤的車子的駕駛座旁邊。

近藤打開車窗，以陰沉的眼色看著悅子。

沒有第一次見面的氣氛，悅子覺得有點害怕，但是生氣的感覺更勝於害怕。

『您是F署的近藤先生嗎？』

『……』

『我是教育課的山名。那個……我留了紙條在您太太那裡……』

『關掉引擎！』

『什麼？』

『妳的車子呀！快關掉引擎。』

悅子因為莫名其妙被吼而倒退了一步，而近藤卻反倒很有威勢地從自己的車子下來。

悅子擺好準備和他起衝突的姿勢了，但是——

『妳的車子是幾CC的？』

『什麼？』

『排氣量呀！是多少的？』

悅子的車子是豐田COROLLA一六〇〇。

『一千六百CC的……』

『借我。我的只有一千一百。』

近藤一邊說，一邊坐上COROLLA的駕駛。悅子簡直不能相信自己眼前所看到的情形。

悅子連忙上車，坐在副駕駛座的位置上。

『您這麼做，會讓我很困擾的！』

『把門關起來。我要改變方向了。』

近藤突然轉動方向盤。他的動作非常俐落，一下子就改變了方向，把悅子的車開到自己的車子後面，然後就停車。接著，他打開駕駛座的車窗，關掉引擎，熄燈。完全隨心所欲，一點也沒有考慮到悅子的立場。

『明天還妳。妳開我的車子回去。』

遇到這樣的情形，悅子真不知道該怎麼說了。不過，她大概已經掌握到眼前的情形到底是怎麼一回事了。

毫無疑問的，近藤正在監視山野井。他豎起耳朵聆聽，只要別墅那邊有車子出來的聲音，就可以立刻追上去。但是，他到底想確定什麼事情呢？

悅子感到心跳加速。

不，慢著，要冷靜下來。現在重要的不是這些疑問，而是自己來這裡的目的。雖然眼前的狀況是自己事先完全想像不到的情形，但是至少真的找到近藤宮男了。

『近藤先生，關於《R縣警員》的稿子——我還沒有收到您寫的稿子。』

『……』

『截稿的日期快到了，不快點拿到您的稿子的話，我會很麻煩的。』

『我的稿子……不要登了。』

『那怎麼行呢？為什麼您說不要登呢？』

『因為我沒有寫。』

『寫什麼都可以的呀！』悅子忍不住提高音量說：『拜託，請您寫吧！沒有理由不登您寫的東西呀！』

『我無所謂。』

『您可以無所謂，可是我——』

『總之，不要再提稿子的事了。如果妳沒事好說了，就請快下車。』

『這是我的車子！』

悅子瞪著近藤的側面說。她簡直要氣瘋了。

『近藤先生，您來這裡做什麼？』

『……』

『是來調查什麼事情的吧？我已經聽您太太說過了，您在調查家庭主婦失蹤的那個案件。』

『那個笨蛋……』

近藤不耐煩地說著，然後把頭伸到車窗外。

『為什麼您要自己一個人做這種事？您是不是掌握了什麼只有您知道的證據？』

『……』

『昨天正好是那個失蹤案件發生的週年。這個日子有什麼特別的意義嗎？』

『……』

——陰險！

既然如此，那就大家來耗吧！悅子伸手拿來放在後座的外套。車子裡面的空間狹小，要穿好衣服不容易，所以她乾脆反方向穿，像包住身體一樣地套著外套。

近藤以陰沉的眼色看著悅子。

『除非您答應給我稿子，否則我不會下車的。這是我的車子。』

悅子聽到近藤不耐煩的咋舌聲。她接著說：

『我對這個案件也很有興趣。而且，我認為山野井就是殺人兇手。』

近藤仍然以陰沉的眼色看著悅子。不，仔細看的話，近藤黑色的眼珠裡，好像有著些許好奇的光芒。

——這是機會嗎？……

要撲到懷裡去嗎？悅子想起安江說的話。

悅子繼續追擊。

『真的。我對這個案件也很清楚，昨天晚上還重看了以前的報紙——』

『那麼，妳應該很明白了，不是嗎？』

『啊？什麼？』

『事件的真相呀！』

『真相早就是很清楚的事情呀。可是，他還是被釋放了。近藤先生，您發現了什麼嗎？例如說證據或線索什麼的。』

近藤牽動了一下嘴巴，看起來好像是在笑。

『還是山野井曾經對近藤先生您說了什麼話？那可能是什麼暗示。』

近藤這回真的是笑了。

『他什麼也沒有說。』

『那麼，他是個粗暴的人嗎？』

『不，他很老實。正常吃、正常睡，沒有被調去盤問的時候，總是在做仰臥起坐或伏地挺身。』

悅子當年在接受職前見習，訪問看守所時，就曾經聽說過了，被拘留在看守所裡的人時間很多，打發時間的方法不是看書，就是做運動。

『他很有時間嘛。』

『不，那時他幾乎每天都被盤問到很晚，所以並不是有很多時間的人。他應該是為了鍛鍊身體，才做運動的。』

近藤的這幾句話，讓悅子突然想起一件事。

『這代表什麼意思呢？您曾經說過「山野井那個傢伙，一天比一天有精神」這樣的話吧？』

因為對那個事件有興趣，所以悅子便如此發問。可是，近藤沒有回答。

糟了！悅子咬著嘴唇暗想：那句話代表的是什麼意思？近藤連妻子有紀子都沒有說，自己會不會問錯話了呢？

近藤沉默了。他什麼也沒有說、什麼也沒有問。

悅子下定決心繼續說：

『這個案件好像走進迷宮了。』

她有意挑動這件事情。

『……』

『如果山野井不是兇手，那麼你的調查行動就是一件無意義的事了。』

『他是兇手。』

近藤充滿憤怒的聲音在車內響起。

『唔？』

『刑警們雖然不敢確認，但我知道他就是兇手。』

做了二十九年的看守所管理、看了無數罪犯的我，是絕對不會看錯的——近藤的聲音裡，有著這樣的意思。

『那您現在到底在調查什麼？』

『我不是在調查。』

『唔？……那您是……』

『我在確認。』

『確認？確認什麼？』

『下車！』

『啊？』

近藤的眼神變了。還有——悅子也聽到那個聲音了。車子的聲音。是跑車引擎特有的，又重又低的聲音！山野井行動了。

『快下車！』

悅子也想下車，但是她的腳就是動不了，腦子裡更是一片混亂。

『但、但是稿子的事——』

近藤『嘖』了一聲，發動車子的引擎。輪胎發出『軋——』的聲音後，車子向前衝了一下，接著後輪打滑，繞過了十字路口，車身猛然向前跑，並且像噴射軌道車一樣，迅速地通過別墅的前面。下坡了，看到前車的尾燈了，但是兩車的距離相當遠。悅子沒有出聲，她知道這可不是鬧著玩的。但是，要去哪裡呢？還有，近藤到底想要確認什麼？

『近、近藤先生……要去哪裡？』

悅子的聲音突然顫抖起來，因為她的腦子裡浮出一個答案——

埋屍體的地方。

6

拜三個紅綠燈所賜，他們終於追上前面的車子了。是深藍色的保時捷。

『那傢伙果然在裡面。』

『可是——』

『他也有這個顏色的車子。』

交通號誌一變成綠燈，保時捷立刻像飛的一樣衝了出去，一下子又拉遠了兩車的距離，COROLLA畢竟不是保時捷的對手。不過，近藤的目的原本就不是要追上，而是要跟蹤，所以不能讓山野井發現他們。悅子緊張得吞了好幾次口水。幸好縣道有相當流量的車輛，所以他們隔著一輛車子，監視山野井的車。保時捷突然轉換車道，往高速公路前進。

『今天或許……』

『什麼？』

高速公路上空空盪盪的。前面的保時捷好像突然要從黑暗中消失一樣，瞬間快速地向前衝。實在太快了，悅子的COROLLA也漸漸被甩開。近藤伸直了腳，用力踩著加速器。

『昨天就是在這裡被甩掉的。』

果然！昨天他也來跟蹤山野井了。但是他的車子的排氣量只有一千一百ＣＣ，所以很快就被甩開了。

一百三十……一百四十……一百五十……時速表不斷地往上升，引擎更發出怒吼般的聲音。車子快速從風中穿過的咻咻聲音，和整個車子都在搖晃的感覺，讓悅子覺得自己好像要死了一樣。近藤動也不動地盯著前方，一點都不像已經是六十歲的人。油門已經被他踩到底了，但還是被保時捷遠遠地甩在後面。山野井的保時捷到底飆到時速幾公里了呢？

他們的車子很快就越過了縣境。

『要去哪裡呀？……』

悅子害怕問，但又不能不問。不過，近藤沒有回答她。是車子的噪音太大聲，所以近藤沒有聽到她的問話嗎？

『到底要去哪裡？』悅子只好大聲問。

『等一下就知道了──看他去什麼地方，就知道了！』

近藤知道山野井的目的地。不過，他並不知道那個目的地究竟在哪裡。

悅子覺得很害怕。山野井的目的地，就是掩埋屍體的地方吧！想到這裡，悅子忍不住有點反胃。她用一隻手掩著嘴巴，暗地告訴自己：不要緊！要忍耐！但是車子在高速公路上快速追擊的強烈震動，讓她非常不舒服。

頭暈、眼花，胸口非常非常不舒服。已經到極限了。

前面的保時捷的車尾燈變得比螢火蟲還要小，好像隨時就要被黑夜吞噬了一般。悅子此時想著：那樣也好！悅子希望這樣。可是就在這個時候，她發現螢火蟲般的光芒卻突然向左移動了。前面是緩緩彎曲的路面。

路面回復成直線時，前面的螢火蟲不見了。

『可惡！』

近藤用力拍打了方向盤。

『完了，今天又被甩了。』

『左邊！』

悅子不假思索地叫。

『什麼？』

『左邊！他一定下高速公路了。』

高速公路出口的標誌已經迫在眼前了。近藤趕快轉動方向盤，車子一邊劇烈地往旁邊擺動，一邊衝向出口方向的交流道。前方有轉彎，路面也變小，護欄已經在眼前了。緊急煞車後，車子橫滑——

『沒事吧？』

近藤以眼色代替言語。車子停下來了。透過擋風玻璃，可以看到前面的保時捷已經通過高速公路的收費口。

『可以繼續了嗎？』

近藤柔和地問。

『可以了。』

悅子的嘴巴雖然自動地這麼回答了，但是胃裡好像也有東西想從同一張嘴巴裡吐出來一樣。

COROLLA快速前進，也通過收費口。從縣道到國道，COROLLA一路上拚足速度猛追，終於追到了市區。保時捷的速度慢下來了，並且在芳鄰餐廳的停車場停了。身高一百八十公分，山野井以太陽眼鏡遮掩像紅面鬼似的臉部，從車內走出來，進入芳鄰餐廳，坐在窗邊的位置上。女服務生將菜單遞給他。

近藤和悅子在COROLLA的車內，窺視著餐廳內部。不，悅子幾乎無法張開眼睛，她覺得自己的腦子還在搖晃。反胃感與劇烈的頭痛，持續不斷地襲擊著她。

『這裡……應該不是掩埋的……場所……』

『嗯。』

她覺得意識逐漸模糊，好像輕鬆起來了。

『為……什麼在餐廳……』

『約在這裡相見的。』

『……咦……和……誰？』

『九谷惠美子。』

『不可能……她……被殺死了……』

『他們是共犯。』

好像是在夢中聽到的聲音。

『有些事情是瞞不了什麼的，剛剛殺人的人，不會一天比一天有精神，只有可能愈來愈瘦。山野井進入看守所後，不僅一天比一天有精神，還一點也沒有瘦下來。因為他知道自己真的沒有殺死九谷惠美子，而是準備從看守所出來之後，再殺人。』

7

二月一日——

今天悅子和加藤印刷的社長的表情，都非常愉快。《R縣警員二月號》終於印好、送到縣總部大樓了。悅子翻閱著雜誌，一股淡淡的油墨香，從一頁頁的紙張飄散出來。

悅子的視線停留在近藤宮男的照片上，近藤宮男寫的手記也登出來了。不過，近藤寫的內容並不是在回顧他的看守所管理人生涯，而是『寫給勵志當警察的長子的一封信』，是非常有意思的文章。這篇文章是悅子在加藤印刷廠趕工校對時送來的，終於在最後一刻趕上了，讓原本幾乎已經要放棄的悅子，高興得跳了起來。之後近藤打電話來，有些難為情地說：『因為妳是陪伴我一個晚上的朋友。』

那天晚上的事，就像一場夢。

但是，經過這些日子的沉澱，悅子似乎愈來愈能理解近藤的『看守者之眼』。山野井和惠美子共謀殺害了九谷。想到這裡，一切的條理就清楚了。

就像近藤說的，當時的報導裡，也曾經暗示過這個案子可能是他們兩個人合謀的結果。首先是惠美子失蹤當天，他們兩個人發生過爭吵的事情。那時有人看到惠美子的眼睛下方有瘀青、浮腫的情況。被打以後會馬上瘀青、浮腫嗎？這確實奇怪。如果把惠美子手腕和手背上的瘀青情況，也考慮進去的話，說是她的丈夫造成的傷口，也是很自然的。在電視攝影機的前面痛哭，訴說要殺了山野井的九谷所表現出來的愛情，不是有些偏執嗎？基於偏執的愛情，他確實可能對惠美子做出家庭暴力的行為。這是不可否認的可能性。

他們兩個人共謀殺害九谷的動機，或許就在此。『被丈夫毆打的妻子』，就像關在鳥籠裡，被折損了翅膀的鳥。不管逃到哪裡，都一定會被找回去，並且受到更嚴酷的暴行。或許惠美子就是被逼迫到已經陷入不是自己死、就是讓對方死的地獄裡了。悅子覺得自己可以了解那種情形。言語的暴力只會傷害人的心，一般人在生活裡或多或少都有傷心的經驗，但是，身體受到暴力傷害，不只傷害到身體，也會傷害到心靈。心靈一想起那樣的傷害，身體就會覺得害怕；身體一想起那樣的傷害，心靈就會像被撕裂了一般。那樣的傷害，一次就很足夠了。

不要殺死九谷，兩個人就遠走高飛，到誰也找不到的地方吧！他們一定也這麼討論過吧！但是山野井有一個不敢外出、對人群有恐懼感的母親，他不能拋棄那樣的母親。他在母親的溺愛下長大，非常了解身為小老婆的母親的悲哀。或許是受到那樣的家庭環境的影響吧？當媒體像洪水來襲一樣，大肆報導山野井的私事時，竟然沒有爆出山野井有什麼複雜的女性關係。惠美子好像是他唯一的對象。他真心愛著惠美子。在想要擁有惠美子的情況下，他決心殺死九谷。

但是，就算能順利殺死九谷，警方還是可能從山野井與惠美子的婚外情，發現兇手是誰。在刑警的追查下，山野井和惠美子恐怕都逃不掉。山野井是一個聰明的人，他想到利用正當防衛的殺人方式，就算殺了人，也不會被判罪。首先讓惠美子失蹤，讓所有的人認為山野井殺死了惠美子。惠美子比誰都清楚自己的丈夫是一個不正常的人。只要找不到惠美子的屍體，又沒有證據可以證明山野井殺人，那麼山野井就會被釋放。可以想像，九谷一定會有復仇的心理，所以小個子的九谷一定會帶著刀刃之類的兇器，出現在山野井釋放的場所。到時候只要奪下他的兇器，在爭執時將他刺死就行了。因為怎麼看那都是正當的防衛，所以不會被判罪；即使被認為是過度防衛，也只是會被判緩刑。

問題在於作戲。如果不讓人覺得惠美子真的被山野井殺死了，九谷是不會輕舉妄動的。因此需要做點手腳。例如故意在附近的人面前毆打惠美子、讓人看到山野井的車子等等。山野井有深藍色的車子，但是他卻讓更醒目的紅色的保時捷停放在惠美子失蹤的現場。還有鏟子上的指紋、車子裡的毛髮等等，都是他們自導自演的。仔細想的話，就會覺得這件事情很古怪。真的行兇的話，兇手怎麼還會把有指紋的鏟子留在那裡呢？

惠美子也下了一些工夫，她哭著打電話給朋友，表示自己很害怕、害怕被殺死了。事後警方調查時，電話的內容自然變成有力的證詞。一切都按照他們的計畫，山野井果然被當作殺人犯。

山野井也輕鬆通過了重重的調查與詢問。他本來就沒有殺人，所以即使用了好幾次的測謊機，儀器上當然也不會出現什麼反應。在看守所裡的他，為了不讓身體變遲鈍，一有時間就做仰臥起坐和伏地挺身。原本他的滑雪和高爾夫球技巧就有職業級的水準，運動神經非常優秀。身高一百八十公分，長得像外國人的山野井，在看守所裡的時候，就已經在數著日子，準備一出看守所，就要面對九谷的襲擊。

他們果然成功了。

那是別人想不到、也難以進行的殺人計畫。如果換成別人的話，即便最後被釋放了，大家還是會對那個人存有疑慮，他很可能無法被社會接受，也找不到工作，被世人唾棄。可是，山野井不需要找工作，他是靠遺產就可以過日子的人，生活方式可以和世人無關。他不在乎輿論的騷動，只要最後能和惠美子在一起就好了。這就是山野井的想法吧！

他們講了大約五分鐘的話後，就分手了。這是當時山野井說的供詞，應該是可以相信的。一年前，他們在那家超級市場的停車場分手，然後約定一年後的同一天在鄰縣的芳鄰餐廳碰面。

一切都按照事先所想的進行了。如果還有事前沒有想像到的事的話，那就是F署的看守所管理人近藤宮男所說的事吧！

那是……

悅子想起那天晚上。

芳鄰餐廳的停車場裡，她和近藤在自己的COROLLA車內，一直待到翌日的早晨，卻一直沒有看到惠美子現身。山野井也一直沒有離開窗邊的位置。前一天晚上——也就是約定好的日子，他大概也是獨自等到早上的吧！

悅子認為山野井被惠美子利用了，她演了一齣借刀殺人的戲之後，像蒸氣一樣地消失了。她和山野井不一樣，自知承受不了輿論的壓力，也受不了世人的指責。一個盡心照顧一直臥病在床的公公的『好媳婦』，怎麼可以和山野井住在那棟別墅裡呢？

惠美子現在大概正在某一個城鎮裡，過著全新的生活了。她一定用山野井給她的錢，做了整形手術吧！或許已經以她美好的容貌和能說善道的手腕，找到一個好男人了。

惠美子只是想逃離有暴力傾向的丈夫、擺脫一直臥病在床的公公，然後開始一段新的人生。女人有時會為了達到目的，不惜做出像妓女般的行為。惠美子或許就是為了去找一個可以殺死丈夫的男人，才會去咖啡廳，並且在那裡邂逅了山野井。

悅子輕嘆了一口氣。

已經五點半了。悅子將兩本《R縣警員二月號》放進皮包裡，走出辦公室。一本給久保田安江，一本給近藤有紀子。

近藤宮男今天晚上也會在那家芳鄰餐廳的停車場裡吧？他要確認自己以二十九年的時間培養出來的眼力，證實自己所想的事實是正確的。而那位山野井，今天晚上一定也會坐在那家芳鄰餐廳靠窗的位置上。

相信沒有形體的事物而活著的男人，有時也很讓人羨慕，讓人忍不住想要伸出援手。加油吧！地窖刑警——這是悅子的心情。

在走往總部大樓玄關的途中，悅子遇見從更衣室裡出來的高見女警。

『再見。』

她們兩個人同時說再見，同時向對方點頭致意。

悅子突然覺得好笑。穿著鮮紅色粗呢連帽大衣的高見女警，看起來非常幼稚，和穿制服時的樣子不太一樣。

自傳

1

馬上就是中午了。

只野正幸從電台建築物的後門進入，匆匆通過有點暗的公務通道，視線一下子寬闊起來。因為挑高的天窗而變成乳白色的光，和服務台小姐的時髦都市化面貌，讓『第五頻道』的一樓大廳，完全看不出地方性的色彩。

這一季的電台主播元木麻里繪小姐，正面容愉悅地坐在用觀葉植物間隔出來的咖啡簡餐廳裡，她的周圍環繞著幾位和她的年齡相當的男士。他們佔據這家咖啡簡餐廳的一角，好像在開生日派對似的，氣氛非常熱鬧。

只野坐在靠窗的位置上，用餘光看著那一邊。他沒有特別地尋找，視線很快就落在製作體育新聞、一臉嚴肅的鈴木的臉上。鈴木是『開心生活焦點』這個節目的導演，只野以顧問的身分，參與這個節目的實際工作。

『鈴木先生，你好。』

『啊！只野，你這麼早就來了？』

鈴木半張著像要吃人一樣的眼睛看著只野。鈴木三十歲，比只野小三歲。

節目的顧問只是好聽的說法，因為只野並沒有和任何公司簽約，只是一個文字工作者，沒有什麼有力的背景。以前他曾經替縣政府的農政部門製作一本宣傳活動的手冊，負責撰寫一些文字，所以才會被電台的人找來負責這個工作。在『開心生活焦點』裡，只野負責為其中一個名叫『各地美食』的單元，調查各種資料。但是那種去當地採訪、尋找題材的工作，原本應該是鈴木該做的事情，鈴木卻全部推給他。只野是在被嘲弄『做這種事也能拿到錢』的氣氛下，做著這個工作的，雖然做得很不舒服，但是——

不管怎麼說，有工作做總比沒有工作做好。

只野沒有注意到鈴木要他坐下的手勢，看著手上的手錶。時間是十二點零五分。

『赤塚先生沒來嗎？』

赤塚是節目的製作人，也是約只野來這裡的人。

『你和製作人約在這裡見面嗎？』

『嗯，他叫我來這裡吃午飯。』

只野一邊回答，一邊以詢問的眼神看著鈴木。

『噢。我剛才在地下室看到他，他應該不會來這裡了。他那個人總是會忘記和別人的約定。』

只野一眼就可以看出鈴木在裝傻，他一定知道赤塚叫自己來這裡的原因。

只野往大廳走去。位於地下半層樓的副控室大門開著一個小縫。只野一走進副控室，就看到負責時間流程的明美在左手邊的會議桌旁，她正低著頭在檢視節目的進行時間與場次。聽到只野叫喚她的聲音後，她才抬起因為睡眠不足而略顯浮腫的臉。

『啊，你早。』

『製作人呢？』

『啊？他不在嗎？』

明美甩動長長的頭髮回頭看，後面只有換景員山本在那裡。

『剛才還在這裡的。』

『去主控室了嗎？』

只野自言自語地這麼說著的時候，後面突然傳來『找到了！』的洪亮聲音。不用回頭看，只野也知道是誰。赤塚製作人穿著黑色發亮的襯衫，拍著他肩膀說：

『只野，抱歉呀！剛才我忘了和你約好的事了。對不起。』

赤塚的身上有古龍水的香味。

『沒有關係。』

『啊，你總是什麼事都這麼冷靜，我就喜歡你這樣。好了，我們走吧！去吃飯。』

赤塚像在跳躍似的走在前面，只野看著他的背，回到位於大廳的那間咖啡簡餐廳。看到坐在咖啡廳裡的元木麻里繪時，赤塚笑著『嗨』了一聲，算是和她及圍繞在她四周的年輕男子們打招呼。

他們坐在剛才鈴木坐的靠窗的位置，點了餐點後，赤塚笑嘻嘻地看著只野，然後用藏在右腋下的左手，稍稍指著後面，說：

『那些人都是公司的社長，不過，我不知道他們是什麼公司就是了。你看到了沒？他們看麻里繪的樣子，好像恨不得可以把麻里繪吃下去似的。』

『一遇到元木小姐，任何男人都會變成那樣。』

只野投其所好地把麻里繪捧得高高的，讓赤塚笑得幾乎合不攏嘴。電視台裡幾乎沒有人不知道他們兩個人的關係。

『那個……赤塚先生。』

『什麼事？』

『有什麼話要對我說是吧？』

『啊，對、對。是的。』

赤塚的臉上仍舊帶著笑容，繼續說道：

『關於我們節目的事情。是這樣的，下個月起，我們要改版，時間只剩下之前的一半，所以，你負責資料調查的美食單元，已經決定喊停了。這是出錢的老闆決定的事，他說要停掉什麼單元，我們都只能照辦。事情就是這樣，這是無可奈何的事情。不過，以後如果有機會，我會再請你來幫忙的。你很認真，事情也都做得很好，我很想再和你合作，可是……總之，希望你能諒解這樣的情形。』

如只野事前的猜測，他真的被『開除』了。電視台的這個節目，是只野這半年來唯一的『固定薪水』，一旦沒有了這個工作，表示他將失去這個固定收入。

這是非常令人不安的事情。

他剛進中學的時候，曾經被學校裡的不良份子欺負，掛在身上的名牌被扯下來扔在地上踩，整個人還被推來推去的。那些不良份子走了之後，他一邊哭，一邊把名牌從地上撿起來。因為淚眼模糊的關係，名牌上『只野正幸』這幾個字，看起來好像是『只野不幸』。他喃喃地唸著名牌上的名字，竟然忍不住把『只野正幸』唸成了『只野不幸』（tadanofukou），然後就突然笑了出來，『tadanofukou』不正是『只是不幸』❶嗎？剛開始的時候，他是無聲地笑著，漸漸就笑出了聲音，然後變成有點莫名其妙地胡亂笑。因為他從小就被母親拋棄，所以那或許是一種自卑的笑。

『對不起呀！』

赤塚說。只野抬頭看著他，覺得他的眼睛裡有不安的陰影。

『突然這樣通知你這種事情，真的很抱歉。請原諒吧！』

赤塚雙手合十，像在拜拜般說著。或許是因為沒有保住只野的工作，他也覺得有點自責吧？而只野此時又只是面露笑容地看著他，可能也讓他覺得有點害怕？總之，只野似乎也只能接受這樣的事實了。

以後還會有碰面的時候，不能因此壞了關係。只野正色說道：

『既然出資的人這麼說了，那也只好這樣了。下次有機會的時候，還要拜託您。』

『當然，那是一定的。』

息。

赤塚好像放心了，開始吃起盤子裡的義大利麵，還一邊吃，一邊說起電視台裡的八卦消息。

只野則是邊吃咖哩飯邊聽。老實說，他對自己失去『開心生活焦點』這個節目的工作之事，並不特別覺得生氣或懊惱。『開心生活焦點』的節目方向，沒有什麼特別之處，根本是模仿大電視台傍晚時段的情報節目而來的，節目的內容又都在電視台的內部進行，沒有外包給製作公司處理，是一個預算很低的節目，可能再半年左右，就會從螢光幕消失了。

只是……

只野的腦海裡浮現銀行存摺裡的餘額數字。雖然未來的這一、兩個月的生活費沒有問題，但是接下來的日子就難說了。想到這裡，只野重重地嘆了一口氣。

『赤塚先生。』

『唔？』

『真的要拜託您了。如果有我能夠做的事情，請馬上要考慮到我……』

話還沒有說完，口袋裡的手機響了。是同樣做文字工作的朋友——磯部打來的。

（奈緒美也不行了。）

『唔？什麼？』

譯註❶：日文『只是不幸』的發音也是『tadanofukou』。

（還有什麼？輪到第三順位的你了！）

『你到底在說什麼？』

電話的那頭傳來既不耐煩又焦急的咂舌聲。

（幫那個億萬富翁寫自傳的事，輪到你頭上了。那是三百萬的工作！三百萬呀！）

啊！只野忍不住發出驚歎的聲音。對他而言，這絕對是一個相當讓他震撼的消息。他想起來了，是兵藤電機的會長，兵藤興三郎的自傳——

只野掛斷電話後，赤塚問：

『怎麼了？你的臉色不大對哦！』

『啊，沒有什麼。』

只野說完，低頭認真吃著剩下的咖哩飯。

令人忍不住想笑、意想不到的幸運，偶爾也會突然降臨。

2

三點過後，只野和磯部在約定好的芳鄰餐廳碰面，同樣是文字工作者的奈緒美也來了，她坐在磯部的旁邊。他們兩個從三年前開始就住在一起，兩個人都已經超過三十歲，卻沒有結婚的打算，似乎只是想持續眼前這種同居、共同生活的關係。

只野坐在他們對面，一坐下來，磯部立刻把一疊影印好的紙張遞到他的面前。

『來，這是大老爺的資料。交接了。恭喜你了。』
磯部的臉上還有一分捨不得的表情。
『還不能說恭喜吧？我也有可能不被錄用，不是嗎？』
『不管怎麼說，三百萬的權利已經移轉到你的面前了。我和奈緒美已經完全被淘汰了。』
『怎麼連奈緒美都不行呢？』
只野說。不知道奈緒美是否過度解讀這句話了，她噘著嘴說：
『一定是我太沒有女人的魅力了。』
大約半個月前的某一天，奈緒美大概是喝醉了，緊緊地摟著只野的脖子，走到賓館前面時，還對只野說：『進去吧。』當時也喝了很多酒的只野現在想到當時的情形，還覺得想吐。
兩年半以前，他們三個人共同成立了『T・I・N文字工作室』。當時聽說縣內自費出版自傳的風氣相當盛行，磯部認為『影子作家』將會有不錯的市場。地方報社或大的印刷廠紛紛成立自費出版的部門，但是報社或印刷廠不見得有能力替想出版自傳的人寫書，通常還是會找影子作家來代筆。磯部覺得與其讓報社或印刷廠來找他們代筆，被抽取部分稿費，還不如自己成立文字工作室，比較有賺頭。想要出版自傳的人，通常有不錯的經濟條件，所以應該會有不錯的收入。
因為磯部非常熱中這件事，所以他們便決定先試試看市場的反應，花了一點錢，在只野認識的小眾傳播的雜誌上，刊登價格便宜的廣告：『幫忙執筆撰寫自傳，熱忱撰寫，收費公道。』

因為以個人的名義招攬的話，恐怕不易得到信任，所以才三個人聯合成立文字工作室，『T・I・N』這個工作室的名字，就是來自他們三個人的名字縮寫。不過，這個工作室並不是什麼正式的公司組織，只是方便讓客人記住，才被拿出來用的名號。

確實，斷斷續續有客人找上門來，但是實際上進行工作之後，他們才發現為一般人寫自傳實在是事多錢少的工作。聽臥病在床，或有重聽的老人說話，非常花時間。因為他們在白天還有賴以為生的別的工作要做，所以幫人寫自傳的事情，只好安排在晚上的時間做，結果經常弄得連續好幾天都不能睡。幫人寫一本自傳的所得，通常是十萬日幣左右，最多也不過是三十萬日幣，實在不算多。但是在工作機會不多的情況下，他們卻也不敢斷了幫人寫自傳的事業。總之，他們當『影子作家』的熱情，很快就消退了。剛開始的時候，他們以只野——磯部——奈緒美的順序，來決定輪到誰寫，並且立下『不能怨恨別人遇到好客戶』的默契。如今，這條默契已經轉變成『不能怨恨自己抽到窮客人』了。

按照順序，上一個星期輪到磯部接案子，所以當這個『三百萬』的大案子突然出現在他們的面前時，他們不僅嚇了一跳，也羨慕起磯部的好運。一般而言，三百萬是足夠完成一本自費出版的自傳總額，包括請人撰寫、書本的設計、紙張的成本、印多少本數等等費用。而這個案子竟然光是執筆撰寫的預算，就高達三百萬。

只野的視線落在資料上。

兵藤興三郎，七十七歲，是在縣內外擁有一百六十八家家電量販店的『兵藤電機』會長。

兵藤電機是股票上市公司，資本額三百四十億日幣，去年的總營業額是五千二百億日幣，獲利一百八十億日幣，有七千八百名員工——

『好厲害……』

只野忍不住一再這樣說著。磯部馬上發揮他『毒舌』的本色：

『厲害到令人不能忍受。』

『他一個人獨攬大權嗎？』

『他是名副其實的獨裁者，只相信自己的眼光，認為公司不能採用親戚朋友做員工，否則公司就會完蛋。在甄試新進員工時，就算來面試的人有好幾百個人，他也要一一見過。聽說他的親兒子在接受他的面試時，還被他淘汰了。』

『哇！那他這個人還真六親不認。』

『笨蛋，這種事值得佩服嗎？那種人還叫做父親嗎？我不知道身為一個大企業的經營者應該怎麼做才叫好，但是做為一個人，他未免太沒血沒淚了吧？什麼錢也沒有付，就把我和奈緒美叫去面試，還給我們打不合格的成績，不讓我們替他寫自傳！真是可惡的臭老頭，是他自己把我們叫去的呀！』

『聽起來確實是一個任性的人。』

只野半認真地說著。

到『T・I・N文字工作室』來，說希望能找人代筆寫自傳的人，是兵藤的祕書村岡先生。去年春天，只野他們曾經替兵藤電機的子公司做過宣傳企劃，並且透過影像錄製公司，在『第五頻道』播出廣告影片。當時因為要製作五種廣告內容，所以只野他們三人可以說是絞盡了腦汁。聽村岡祕書說，兵藤看過只野他們做的宣傳廣告後，非常喜歡他們做的東西，所以決定將早就想寫的自傳，交給『T・I・N文字工作室』來執筆。以前他們就常把『T・I・N文字工作室』的宣傳單，夾在他們處理過的企劃案的信封裡，廣替自己做宣傳，機會果然來了，而且上鉤的還是一條大魚——三百萬。

但是，曾經高高興興地鼓起勇氣去見兵藤的磯部，被『退貨』了，接替他去的奈緒美，也被說『妳不行』，無功而返。

面對這樣的結果，只野很難無動於衷。

機會降臨到自己身上了。只野希望自己能通過兵藤的『面試』，而能幫助他不在面試時失敗的『參考書』，無非是他面前的磯部和奈緒美，或許他們可以告訴他：怎麼樣才不會觸怒兵藤？他必須鼓起勇氣問奈緒美或磯部：他們不被兵藤錄取的理由是什麼？三百萬！這不是小數目，以目前的他和磯部的經濟狀況而言，這絕對是足以影響到他們『合夥』交情的金額。

只野乾咳了一聲後，說：

『不好意思。如果能幫助我通過面試的話，我願意分一成的錢給你們。』

『不用了。』磯部口氣有點不悅地制止他，並且說：『這是我們一開始就訂好的規則：誰寫，誰就拿全部的錢。所以，我們如果分你的錢，那就太可笑了。那個老先生會在面試的時候很認真地問東問西，例如說：父母親的事情、哪個學校畢業的、有什麼樣的生活信念、人生觀等等，問題多到讓人覺得他根本就是在雞蛋裡挑骨頭，非常討厭。』

『一般面試時的問題，都是那樣的吧？』

『比一般面試時的問題更深入。我覺得有被逼問的感覺，覺得自己好像赤裸裸地在他面前被他審視。我很認真地回答他的問題，但是就在我戰戰兢兢地回答他時，他卻突然喊停，然後就結束了。』

接著，只野便看著奈緒美。

『我也一樣。雖然事先做了準備，想好了要怎麼回答他的問題的話，在面試的時候仍然很慌張，不能好好地回答。那位老先生的眼神和口氣，讓人很害怕。』

只野的視線回到磯部的臉上，並且從胸口的口袋裡拿出原子筆，把資料拿到手邊：

『我可以做筆記嗎？』

『當然可以。』

『我會付錢的。請把他提出來的問題，具體的告訴我。』

這回，磯部沒有對『付錢』這件事提出異議，他開始漫長地敘述與兵藤面談的細節。只野一邊點頭，一邊動著手中的筆。從磯部的陳述裡得知，兵藤所提出來的問題裡，確實有不少是不事先知道、就很難回答的題目。磯部不停地說著，但是只野卻覺得磯部並沒有把所有的問題都說出來。

只野抬起眼睛，看著奈緒美。

因為他感覺到自己的腳踝和腳背的地方溫溫的。是腳趾……雖然隔著襪子，但他仍然可以感受到奈緒美腳趾的觸感。她的腳趾好像在惡作劇般畫著圈圈……

奈緒美想改變。或許應該說她想使壞。

好想早點結束這樣的日子喔——這是那一天在經過賓館前發生的事。只野和奈緒美坐在烤肉店的吧台前時，奈緒美曾經這樣喃喃地說。

對方一定是一個好色的老頭，奈緒美去的話，一定沒有問題——磯部被兵藤拒絕後的那天晚上，在電話裡對只野這麼說。

只野聽到磯部這麼說時，對磯部有些不以為然，甚至有把奈緒美拉到自己身邊的想法。但是……

只野的視線落在資料的上面。

他聽見聲音。

要常常叫小愛喔——

母親的聲音總是充滿不安。

快上小學的時候，小只野兩歲的妹妹愛子得了中耳炎，聽力變得很差，常常搞不清楚她到底有沒有聽見聲音。在她的背後叫喚她的名字時，她有時會回頭，有時不會回頭，母親便吩咐他隨時叫喚妹妹的名字，再把妹妹的反應告訴母親。當他在廚房裡告訴母親妹妹的事時，母親會摸著他的頭、誇獎他。但是，母親的臉上沒有笑容，因為她擔心愛子。愛子比只野小，很可愛，所以只野一直很嫉妒妹妹。

可是，不對，母親並沒有那麼愛愛子，因為她和父親離婚了，並且拋下五歲的自己和三歲的愛子，離家出走了。

這不就是一樁不幸而已嗎？

不知道想留下自傳的人心中到底有何種想法。把不幸或幸福的經驗以文字記錄下來，留存於世間的意義到底是什麼呢？認真思考起來，平凡的人生或特別的人生，最後到底又有什麼不一樣呢？

只野伸長了腳，舒展一下身體。

他好像看到桌子底下有一雙擦著粉紅色指甲油的腳，在虛無中漫遊著。

半個月之前也發生過同樣的事，自己逃避了那雙腳，而逃避的原因並不是因為不勝酒力。

『怎麼和對方取得聯絡呢？』

只野問，磯部以下巴指指資料，說：

『角落上的電話號碼，是村岡祕書的手機號碼。』

『他的太太已經死了吧？』

『嗯。二十年前就過世了。一個不願意讓自己的兒子進自己的公司做事的頑固老頭，相處起來一定很累，不如早點死了算了，免得照顧他。』

他們三個人在五點以前離開芳鄰餐廳。

大約三十分鐘後，奈緒美利用手機打電話給只野：

（告訴你一件事。你來之前，我和磯部聊過了，那位兵藤老先生不喜歡我和磯部的原因，我認為可能是我和磯部不夠老實。為了讓那位老先生喜歡，我和磯部都有點誇大自己，把自己說得很優秀。好了，就這樣，祝你順利。啊，對了，我現在告訴你的話，你可別讓磯部知道，因為他叫我不要告訴你。拜託了，因為我暫時還得繼續和他在一起。）

3

翌日下雨了。兵藤興三郎的住處位於市郊的住宅區，高聳的圍牆圍繞起來的兵藤家坪數相當大，是一般住宅的好幾倍。

只野打村岡祕書的手機，和他取得聯絡後，約好下午和兵藤面試。只野穿著西裝來面試。他覺得自己已經有一段時間沒有穿西裝了。一位穿圍裙的女管家來帶路，領著只野走到一間面對中庭、大約有十張榻榻米大的待客室，途中曾和村岡擦身而過。村岡是一位五十歲左右，看起來有點虛弱的男子。

『那麼，我去請老爺出來了。』

『麻煩您。』

只野並攏著雙膝，靜靜地等候著。空氣很凝重，飄散著一股必須謙恭、嚴守上下關係的強烈氣息。

只野面向走廊，聽著手杖敲著地面的叩、叩、叩聲音逐漸接近。就在他吞下緊張的口水時，一張比資料照片更有稜有角的臉，探進室內。他眉頭深鎖，眉毛很濃，微禿的額頭上有幾撮稀疏的頭髮，耳旁的鬢角有白髮，身上穿著淺褐色的長袍。長袍下的身體顯得很虛弱，像一隻瘦弱的鳥。磯部那時曾皺著眉頭這麼說：大概活不了多久了——

那位兵藤似乎完全把只野當空氣，不慌不忙地慢慢繞著矮桌子走，最後拄著手杖站在矮桌子另一邊的座位旁邊。村岡一直跟在他的後面，但是完全沒有伸手去扶他。大概是兵藤不許別人輕易碰他。兵藤終於對只野深深點了一個頭，然後慢慢地跪坐在座位上。

兵藤看著只野的臉。

『面試』開始了。只野正襟危坐地等兵藤開口發問，但是兵藤卻不說話，他的黑色瞳孔從深陷的眼窩裡，射出沒有亮光的視線，注視著只野。像蛇或是像鯊魚一樣的眼睛——這是奈緒美說的。

『你的名字？』

意想不到的有力聲音。

『我叫——只野正幸。』

只野回答時，覺得自己嘴巴很乾。

『為什麼來這裡？』

他的話很衝。

『來這裡——是因為要替兵藤會長寫自傳。』

『幾歲了？』

『三十三歲。』

『結婚了嗎？』

『沒有結婚。』

『是獨身主義者嗎？』

『不……沒有想那麼多……』

『以後會結婚嗎？』

『不知道。不過……』

因為說了謊話，所以沒有被錄取。只野突然想起奈緒美說的話。

『我想我一定不會結婚。』

『為什麼？』

女管家在這個時候送茶上來，室內的氣氛暫時變得比較緩和。不過，很難在那短短數秒的緩和氣氛裡，就讓波濤洶湧的內心情緒平靜下來。

兵藤雙手抱胸，等待只野的回答。

三百萬！只野覺得心中的天秤左右搖擺，他很難若無其事地把心裡的話說出來。考慮了一下後，終於說：

『……我的父母離婚了。這種事情在這個時代裡雖然並不稀奇，可是，我卻因此對我自己、對婚姻、對家庭不敢存有幻想。』

『為什麼離婚？』

『那時我還小，不太明白父母為什麼離婚，只知道爸爸把媽媽趕走了。爸爸說媽媽大概是去大阪了。我想，可能是媽媽交了男朋友的關係吧。』

只野第一次說出父母的事情。不過，他原本也沒有打算要一輩子隱瞞這件事。

『那是什麼時候的事？』

『我五歲的時候。』

『你在哪裡出生的？』

『在市內的栗田町。』

『你父親是做什麼工作的？』

『是跑遠程的卡車司機。』

『他退休了嗎？』

『他死了。』

『生病死的？』

『他酗酒，因為肝硬化而死。』

沒想到這麼輕易就說出口了。這是他一直以為難以啟齒的事情。

『什麼時候死的？』

『十三年前，我大學二年級的時候。』

『你讀哪個大學？』

『S大學。沒有讀畢業。』

『為什麼沒有讀畢業？』

『因為父親死了。』

『為什麼？不能獨力繼續完成學業嗎？』

『是的。而且也不想繼續讀了。』

兵藤的眼神變得銳利起來。

『你那麼沒有志氣嗎？』

『要這麼說也可以，我確實是那樣的。我根本沒有所謂的『志氣』那種東西。』

會不會太老實了呢？只野說完後，忍不住這麼想。但是兵藤並沒有因為只野的這些太老實的話而要離席的樣子。

『你的工作經歷呢？』

『回來這裡以後，我做了很多打工的工作，做最久的就是為以宣傳為主的廣告雜誌寫文案，所以現在大部分的工作就是做文字工作。』

『為什麼要回來這裡？』

『因為我的繼母生病了。』

『生什麼病？』

『風濕病。她的血壓也很高。』

『她是一個怎麼樣的母親？』

『很溫和的人。』

『你的親生母親呢？』

『我已經忘了她是怎麼樣的人了。』

『自己的母親的事，忘得了嗎？』

只野一時不知道該怎麼回答。

他記得那天晚上的事，他待在昏暗的小孩房，並且躲在棉被裡，聽著父親生氣的怒罵聲、母親邊哭邊叫的聲音……第二天早上，母親就不見了，並且從那天起，他再也沒有見過母親。關於母親的消息，只野也只聽說她去了大阪。除此以外，他沒有從父親那裡聽到和母親相關的任何消息。

只野隨著嘆氣的聲音說道：

『真的忘了。因為她拋棄了我和我的妹妹。』

兵藤注視著只野好一會兒，然後伸出左手，慢慢拿起茶杯，以茶水滋潤嘴巴。這是他喝茶的方式。

他放下茶杯後，說：

『昭和元年，我出生在仲根村的貧窮農家。』

兵藤突然就開始述說起來，讓只野嚇了一跳。

『父親的名字叫勘藏，母親的名字叫阿年，我在七個兄弟姊妹中排行第六。因為田裡的工作很忙，根本不能去上學。』

只野連忙伸手去拿隨身帶來的包包，從裡面拿出小型的錄音機、筆記本和原子筆。他已經通過面試，掌握到三百萬了——

『昭和二十年，我在茨城縣友部町的筑波海軍航空隊。』

兵藤的述說內容，突然出現時空性的跳躍。

這種情況並不特別，很多老人都會這樣無視時間關連性，想說什麼就說什麼——尤其在談到和戰爭有關的事情時。這個話題總是他們一開始就會說到，並且花比較多的時間述說。

只野職業性地一邊點頭稱是，一邊手不停地做筆記。

『我是在四月八日接到命令，要去第二艦隊的司令部報到。第二艦隊的司令部在旗艦大和號的艦隊裡面，所以當我從部隊內部的情報得知艦隊要出擊沖繩時，就已經抱著必死的覺悟了。』

可是，兵藤成為大和艦隊的生存者之一。

只野忐忑不安的情緒漸漸穩定下來了。即使是年營業額高達五千二百億日圓的企業獨裁會長，也是一樣。他不過是個在可說是『時代的不幸』的戰爭中倖存、並相信自己的人生是特別的、一心為了證明自己曾經存在於這個世上、而在時代中掙扎的可憐老人。

『大和號在接到天字一號作戰命令❷後，就出擊了。可是，當時大和號上的燃料不足，又沒有護航的飛機，所以在通過豐後水道、航向沖繩的途中時，遭到美軍數波攻擊，最後在佐多岬西南九十公里的地點被擊沉。不過，那時我並沒有在那艘軍艦上。』

只野抬起頭，看著兵藤，問：

『您沒有在艦上？……』

『大和號出擊的時間是六日的下午，我八日接到命令時，大和號已經葬身海底了。因為晚一步接到命令，所以撿回了一條命。』

原來如此。只野理解地點了個頭。

只野已在腦子裡大致確立了兵藤自傳的大綱。因為遲到的命令文，才能繼續活下來的人生。以此為起點，兵藤創立了兵藤電機，並且建造了一個巨大的企業。這個人物的故事，就是從這裡開始的。

『我殺過人。』

譯註❷：以大和號為主的艦隊出擊佔領沖繩的美軍。

只野又抬起頭看兵藤。

『唔？……』

兵藤黑色的瞳孔定在原位，一點也沒有要左右搖動的意思。

『那是將近三十年前的事，我殺死了我所愛的女人。』

4

入夜後，下雨了。

只野邀請磯部在一家不便宜的燒肉店見面，他覺得與其明天再和磯部見面，還不如今天晚上就找磯部出來談一談，心情會比較痛快些。

『太好了，你成功了。』

磯部的笑容不自然得幾乎讓人無法正視。

『怎麼了？好像不是很高興？你可以賺到三百萬，高興一點吧！』

『我沒有不高興。』

『喂，喂，難道你是因為在意我的關係嗎？別這樣！』

如果說不在意磯部的感覺，那是假話。但是，此時只野的腦子裡想的是兵藤說過的話。

（我殺過人。）

（我殺死了我所愛的女人。）

他說的話是真的嗎？

是戰爭中殺死人的嗎？只野剛聽到兵藤這麼說時，確實是這麼以為的。過去請他幫忙寫自傳的老人當中，的確有過拿著刺槍刺死敵人的。但是兵藤所說的殺人，應該不是戰場中的殺人。兵藤說他殺人是『將近三十年前』的事情，當時戰爭已經結束，可見他的殺人行為與戰爭無關，應該是『一般性的殺人』。

村岡祕書聽到兵藤那麼說時，立刻慌張地插嘴說：『今天就說到這裡。』然後把只野帶到走廊。要離開那間待客室之際，只野回頭看了室內一眼。兵藤臉上的表情一點變化也沒有，而且仍然坐在椅子上。

將近三十年前……兵藤現在是七十七歲，所以事件應該是他四十五歲以後發生的事情。磯部說過，兵藤的妻子大約是二十年前去世的，也就是說，兵藤在妻子還在世的時候，曾經殺死妻子以外的女人。那麼，他殺死的女人是他外遇的對象嗎？不，不見得是外遇。兵藤電機在兵藤四十歲以前就相當具規模了，那時兵藤已經很有錢，娶妾入門，或家裡有個二老婆，並不是什麼奇怪的事。或許舊時代的男女關係就是那樣的，算不上是外遇。

『奈緒美說她不能來了。』

磯部一邊收起手機，一邊皺著眉說著。

服務生正好送燒肉來。磯部迫不及待地想一口氣把三百公克的嫩肉塞到嘴巴裡。

『太可惜了。錯過了今天，不知道什麼時候才能再吃到這麼好的肉。』

只野突然覺得：奈緒美是不是也被磯部這樣的一句話給消耗掉了呢？

『那——那位老先生說了些什麼話？』

『……』

『怎麼了？你在發呆。』

『啊，沒有什麼。他和別的老先生一樣，說了一些貧窮童年和戰爭時的事情。』

『哦？只有這樣嗎？』

『今天才第一天，不可能說什麼特別的事情。還有，他和別的老人一樣，說話的時候完全不按照時間順序。』

兵藤殺死一個女人的事——

只野覺得因為對象是磯部，所以不能透露這種事情。不，不只是這樣的心情，更重要的是：這麼重要的情報，是不能輕易說出去的。

他握有兵藤電機會長兵藤興三郎的祕密。隨著時間的累積，這個祕密似乎隱藏了重大的機會，這樣的想法逐漸在只野的心中擴大。

村岡祕書慌張的模樣，讓原本只是愣住的只野，警覺到兵藤殺過人的事情一定事關重大。兵藤說那句話時，不像是信口胡謅的，而村岡慌張的模樣，也顯示他應該某種程度地知道那件事情。他一定知道什麼，才會顯得那麼慌張，不是嗎？

兵藤有殺人的前科嗎？

應該沒有吧。兵藤在四十幾歲的時候，就已經成為成功的企業家，如果他曾經在那個時候留下殺人前科的紀錄，那絕對是藏也藏不了的新聞，他也無法一直穩穩地坐在兵藤電機會長的寶座上。

那件命案最後變成破不了的懸案。兵藤因為逃過了警方的搜索，沒有被逮捕，所以也不會留下殺人前科的紀錄。

就在只野覺得背脊起了涼意的同時，他的內心深處也產生了一個極端奇怪的想法。

兵藤為什麼會把這件事情說出來呢？

是因為已經過了法律的追訴期了嗎？

只野的腦子裡浮現兵藤像雞骨架子般的身影。

莫非兵藤知道自己來日不多，所以想在死前把自己曾經做過的事情都說出來嗎？很多在戰爭中用槍或劍刺死敵人的老人，不都是因為這個理由，而說出自己曾經殺人的事實嗎？

但是，兵藤不是沒沒無聞的老人，他是赫赫有名的兵藤電機會長。一個大會長公開自己過去曾經殺人的事，會有怎麼樣的後果？或許會傷害公司的名譽，影響到公司的營運吧！兵藤為了自己一手創立的公司，拒絕讓自己的兒子成為公司的員工，可以說是連親情都不顧了，然而卻說出了可能讓公司從此垮台的話。

是什麼原因讓他說出這樣的話？

而且還要寫在自傳裡，讓世人知道。難道他沒有想過會有什麼後果嗎？兵藤這個人的腦子是不是有問題了？

『你到底是怎麼了？』磯部問。他納悶地看著只野的臉。『為什麼一直在發呆呢？』

『剛剛面試完，所以覺得很累。』

『我說的事情對你有幫助嗎？』

『唔？什麼？』

磯部沒有回答，低頭把最後一塊肉放進嘴巴裡。

不必擔心，一定會分一成給你的！只野心裡不痛快地這麼想。

不管是三十萬還是三百萬，都是小錢。

進來餐廳以後，工作時隨身攜帶的包包就一直擺在自己的腳邊。這個包包裡有一個在兵藤電機的南町店買的小型錄音機。這款錄音機是兵藤電機的強打商品，強力推銷的原因是『高敏感度』。

5

躺在棉被裡也睡不著。

電視機的聲音透過棉被，傳進耳朵裡。春代還沒有睡覺，大概是風濕痛得睡不著吧！

做牛做馬、努力工作的繼母……只野有時會想：或許因為繼母是這樣的女人，所以自己才能夠接受她吧。她和讓人聯想到纖細的樹枝的母親完全不同……

只野一再翻身，仍然是睡不著。

他不是在想兵藤的事，而是在想自己的事。

被問到父母親的事情時，自己竟然那樣毫不猶豫地說了。這固然和奈緒美勸告自己不要說謊有關，但主要的原因，應該是覺得問話的對方，是個和自己完全沒有關係的人吧！自己被錢蒙蔽了眼睛，為了三百萬，賣掉了自己的『只是不幸』。

他一點也不覺得難過。

他很清楚地知道自己的心裡並沒有『母親』這個人，所以沒有必要像唸咒語一樣地一直唸著『只是不幸』這幾個字。事實上，自己的不幸也不是什麼大不了的事情。

進高中以後，他就明白自己的不幸其實也沒有什麼。時代的現象，拯救了他自卑的心靈。幸好他生活於離婚的情況愈來愈普遍的時代，有些同學的父母也離婚了，當他在教室裡看著同學黯然的表情時，心裡會暗自竊笑。和母親在一起的話，就會被父親拋棄；和父親在一起的話，就會失去母親。和同學比起來，自己只是比較早被父母其中之一拋棄的小孩——

他想起了腳趾觸摸腳背的感覺。

他知道自己心動了，下腹也產生了一股熱流。但是，現在的他有能力描繪自己和奈緒美的未來嗎？

乾咳的聲音。

痰從喉嚨裡被吐出來的聲音。

只野在黑暗中張開眼睛。

他想離開這間房子。這麼強烈的想法，或許還是第一次。

6

午休時間，縣政府大樓前面的馬路上，只要是有賣午餐的店，門口就排著長長的人龍。

『好日咖啡廳』店內的客人並不多，臉上蓄著一點鬍子的老闆默默地煮著咖啡，有點胖的老闆娘很無聊似的在洗杯子。從這個咖啡廳不怎麼透明的玻璃窗，可以看到『第五頻道』大樓的三樓。

只野和在『新日銀行』工作的西川面對面地坐著。他們是高中同學，但是並沒有特別要好。以前他們曾經在路上巧遇，當他告訴西川，自己做的是文字工作時，西川說有朋友在『東西新聞社』的資料室工作，所以他來找西川，請求西川的幫忙。

西川答應了只野的拜託，說：

『好呀！我會打電話給他。你自己也要去那裡嗎？』

『嗯。拜託了，我會記住你的幫忙的。』

『這又不是什麼大不了的事。不過，你到底想調查什麼事情？』

『很久以前的一個案子。因為電視公司方面很少保存紙類的資料，所以……那麼，我現在就去了。』

只野才想離開，可是還沒有完全站直身子，又被西川叫住：

『對了，同學會的時候你會來嗎？』

西川因為是同學會的幹部，所以問：『會來嗎？』而不是問：『會去嗎？』

『如果沒有緊急要趕的工作的話，應該會去。』

『到了我們這個年紀，誰有成就，誰沒有成就，是一目了然的事情。』

這是在說我嗎？只野好像露出了不悅的神色，西川連忙解釋道：

『啊，還是你最好了，工作有彈性，生活得自由自在，不像我們被工作綁得死死的，可以說是動彈不得。』

這類的話，只野以前已經聽過很多次了。

『可是，你們也因此可以有穩定的家。』

『你知道嗎？三十三歲到三十五歲是極限。』

『什麼事情的極限？』

『辭職換工作的極限。過了三十五歲以後，就很少人辭職換工作了。』

只野突然有一種很不舒服的感覺。他想起發現自己意志不夠堅定，不知不覺地變成一個沒有固定工作的人時，正好是三十歲到三十五歲時的事。奈緒美也是這樣的。磯部嘴巴裡雖然不說，但一定也很不喜歡現在的生活。自己也——

『我就一直沒有辭職換工作。』

西川笑著說：

『我沒有那種勇氣。更何況如果在這種經濟不景氣的時代裡辭掉工作，恐怕會被太太殺死。』

雖然這是一句已經聽膩了的話，但是此時只野的腦子卻對這句話有敏感的反應。被殺死。不僅兵藤說過的話在他的腦海裡甦醒，他覺得自己焦慮的心思好像也被煽動得更旺盛了。

一再向西川道謝後，只野走出咖啡廳。

當他快步走在人行道上時，迎面走過來的一對男女當中，有一個他所熟悉的面孔。是『製作人』。

走近那對男女身邊時，他打了一個招呼：

『赤塚先生，前天謝謝您了。』

『啊，你好。』

對方只是這樣應對一聲，就和只野擦身而過。

只野停下腳步，回頭看著對方的背影。

已經變成完全沒有關係的人了。才兩天而已——

因為他正在和身旁的女人說話，所以才會這樣敷衍自己。只野試著這樣說服自己，但是似乎沒有效果，他仍然覺得心裡很不是滋味。

於是他轉身，準備追上去。前面就是十字路口，那個背影在等綠燈，所以停了下來。

『赤塚先生。』

『啊，什麼事？』

赤塚轉身看著只野。他的臉上有懼色。

只野忍耐著赤塚身上古龍水的香味，在他的耳邊悄悄說：

『這個——如果有人支持我，那麼我就可以擁有自己的單元節目吧？』

『唔？』

赤塚的眼睛睜得圓圓的。

『我是說，如果我——』

『當然、當然了。要兩個單元、三個單元都可以，要開整個時段的節目也可以。』

赤塚笑了，站在他身旁那位打扮得花枝招展的女人，也嘻嘻地笑了。

只野的臉一下子全紅了。

『到時我會再去電視台找你。』

只野快快地說完這句話，然後就逃也似的離開那個地方。

7

下午兩點左右，只野來到『東西新聞社』。在到達『東西新聞社』之前，他還去別的咖啡廳小坐了一下，因為他認為有必要先整理一下自己的心情。

那位西川認識、在『東西新聞社』的資料室工作的人叫做佐伯有美，是一位三十歲左右的女性。一般說到報社的資料室，總會讓人聯想到陰暗、有點霉味的房間，但是只野被帶到的地方，是一個擺著電腦機器、明亮又整潔的辦公室。員工的辦公桌上紙張類的東西很少，負責管理資料庫的有美的桌子上沒有書，也看不到資料箱。

『將近三十年前縣內發生的命案？……』

有美重複了一次只野說的話，然後一邊請只野坐下，一邊歪著頭思索。

『是的。查得到嗎？』

『你說將近『三十年』，那麼大約是二十七、八、九年前的事嗎？不包括三十年吧？』

『我想應該是的。』

只野模稜兩可地回答。

『那麼，就先把那個時候的新聞調出來看看。』

『妳這麼忙還來打擾妳，真不好意思。』

『啊，沒有什麼，那是很簡單的事。』

有美轉動椅子，面對著電腦，在鍵盤上按了幾個鍵，一點也沒有不耐煩的樣子。因為西川的關係，只野才能得到有美這樣的幫助。

不到十五分鐘，印表機啟動了，和殺人案件有關的新聞報導，一一被列印在紙張上。總共列印了十五張紙，看起來有不下兩百條的報導。

『這麼多呀……』

只野忍不住脫口而出。

『啊，不是的，有些是相同案件的後續報導，很多是屬於同一個案件報導。你只要看大字的就行了。唔……我看看……全部的案件數是三十二。你在這邊的桌子上慢慢看吧！』

只野非常鄭重地道謝後，便坐在鄰座的空位上。

只野一邊看那三十二樁命案的報導，一邊用紅筆刪除很快就逮捕到兇手和殉情自殺的案子。

過不了幾分鐘，就只剩下八樁案件了。只野仔細地看那八樁案子的相關報導，深入了解案件的內容，又刪除了一件受害人是男性的案件；然後再刪除受害者雖然是女性，但卻是老人或小孩的案子。因為兵藤很清楚地說了，他說他殺死的是自己『所愛的女人』。

過了好一會兒，只野嘆了一口長長的氣。

八件命案之中，有三件的受害者是男性，有兩件的死者是老女人，一件是小女生，剩下的那兩件的受害者雖然是女性，但是在警方持續不斷的追查之後，兇手還是被找到，算是破案了。

前天他還認為兵藤自白的殺人，應該是最後沒有破案的懸案，現在看來並非如此。兵藤所犯下的殺人罪行，還沒有被世人發現。

受害者的屍體被祕密處理掉了。

想到這裡，只野不禁全身顫慄。

8

『理念比人更重要——兵藤電機的創業理念可以說就是這個。因為人際關係而任用人員的話，公司就會變成一鍋溫水。溫水久了就會變冷。幾百個、幾千個員工當中，如果沒有人能引起火花，讓冷水變熱的話，整個公司就會結凍，不能運轉。』

兵藤寓所的待客室裡，主人帶著威勢的聲音在室內迴盪著。

『公司不是大家切磋琢磨的場所，而是一個不是贏就是輸、不是生就是死的戰場。一個人的身分如何、背景好壞或學歷高低並不重要，我重視的是一個人的本質。那個人是不是有志氣？面對挑戰的時候，有沒有要贏得勝利的架式？推銷商品的時候，有沒有一定要賣出去的執著信念？這三項要件就是我選用員工的基準。當然，我還會考慮這個人是否誠實。誠實和志氣與鬥志是同樣重要的本質。』

只野低著頭努力做筆記。

在非常時期獲得成功的典範，兵藤述說的內容非常完整。這兩個小時裡，只野從兵藤所說的內容，可以很清楚地了解到兵藤是個很正常的人，他沒有瘋，所說的事情也都有條有理。

只野抬起頭，發現有一對漆黑的瞳孔一直盯著他看。

『這個——今天是不是到此……』

一直在房間某個角落的村岡祕書戰戰兢兢地開口說。

不能這樣就回去。只野如此想著。在他心中的疑惑與不信任感，像漩渦一樣擴散著，好像就要捲起來、飛上天了。

只野傾身靠著矮桌，說：

『唔——會長，我可以請問您幾個問題嗎？』

『喂，你！』

村岡突然出聲想要制止只野的問話，但是兵藤立刻舉起手來阻止他，並且對只野說：

『你想問什麼？』

『我想知道得更詳細一點。』

『前天說的事情裡，有說得不夠清楚的地方嗎？』

『那件事不要寫在自傳裡，那是會長私自說的話。請寫更具體的事情。』

『你！夠了！——』

兵藤以強硬的手勢阻止村岡的發言。他把手放下來後，就雙手抱胸，慢慢地開口道：

『確切的時間是二十八年前。』

『對方是誰？』

只野的聲音變得尖銳起來，並且重複地問：

『對方是誰？』

『不能說。』

『不能說？為什麼？那個命案的追訴時效已經過了呀！』

『……』

『請把事實說出來。會長，您不是很想說嗎？所以前天才會對我說——』

『那是不被允許的愛情。』

『唔？』

『因為我們都是已婚的身分，可是我們仍然持續交往了六年。如果她沒有死的話，我們應該會交往得更久吧！』

只野下意識地看了一眼錄音機上的紅色小燈。而兵藤就在此時拿起身邊的手杖，並且拄著手杖要站起來。

『那個——話還沒有……』

『……』

『會長，請再說清楚一點。』

『……』

兵藤完全站起來後，低頭看著只野，說：

『下次見面是五天以後，到時再說吧！那是最後一次見面，請你拿出百分之一百的努力來整理這本自傳。』

9

回家時，電車非常擁擠。

只野拉著皮吊環，身體隨著吊環擺動。

他的腦子裡亂糟糟的。

二十八年前的命案……

不被允許的愛情……

確實，對方說得比前天更清楚，也讓自己更進一步地了解這個祕密了。然而，自己也因此更覺得心情沉重。他不知道自己的心情為什麼如此沉重，總之，就是覺得心頭有一層揮之不去的鬱悶。

是自覺內疚的關係嗎？因為自己掌握了別人的祕密，並且想利用這個祕密？

應該不是這樣。只野知道自己不是為這種事就會內疚、自責的人。事實上，在想像中威脅或恐嚇別人，對他來說是常有的事情——而在他周圍的，基本上都是他想利用的人。還有，他也曾經拿著銳利的刀子，面對過五或十個人。

那麼……

是這樣嗎？一想到此，只野無力地嘆著氣。

二十八年前……和『只是不幸』發生的年代重疊在一起，同樣也是二十八年前的事。只野以前從沒有在這樣的情況之下，去回想那天的事情。那時自己大概才五歲。三十三減五是二十八。在聽兵藤的話時，只野下意識地算了一題簡單的算數。

不被允許的愛情……

這或許是一種老掉牙的說法，但是——

母親也有同樣的愛情。為了那個不被允許的愛情，她拋棄了只野和愛子，和男人跑掉了。

只野的嘴角浮出笑容。

這個笑容並非想到『只是不幸』的苦笑，而是因為『二十八年前』這個偶然，讓他想到兵藤和母親之間的『關連』。他們兩個人都陷入『不被允許的愛情』。兵藤殺死了母親，所以母親從那一天起，就從只野他們的面前消失了——

這個突如其來的想法，讓只野的笑容從嘴角擴散到整張臉上。

太可笑了。這世界上竟然有這麼偶然的事情。

他笑出聲了。

因為他想到了另外一個奇怪的偶然。

沒沒無聞的文字工作者，竟然成為大企業會長自傳的執筆人。這也是個偶然。

不，不對……

兵藤雖然透過村岡找『T・I・N』為自己寫自傳，其實只是想找只野一個人寫——

只野突然張開眼睛。

他想到磯部和奈緒美沒有通過『面試』的理由了。

電車發出刺耳的傾軋聲，並且很快地減速下來，只野的身體也因此歪斜了。電車停在不是車站的地方，車內的擴音器裡發出有人發生意外的廣播。

兵藤利用了『T・I・N』。他一開始就已經決定好要讓只野一個人寫了。不，他是為了把殺人的祕密告訴只野，所以才叫只野去寫自傳的。

為什麼呢？

他為什麼要把二十八年前殺死母親的事情，告訴自己呢？

是為了向自己懺悔嗎？只野的腦海裡突然出現這樣的想法。

因為他已經老了，來日不多，所以決定在死前把所有的事情，告訴自己所殺女子的兒子。

如果真的是這樣，那麼只野的不幸，就變成不是『只是不幸』了。

母親被殺死了。因為兵藤興三郎這個男人，只野的人生變得混亂了。

或許——這只是單純的妄想。

但是……

只野的思考方式恢復到常識性判斷的方向。按照常理，精神狀態正常，也沒有發瘋的大企業的會長，應該不會把自己殺人的事情寫在自傳裡——

電車又啟動了。

母親是被殺死的。只野自身的自傳也被迫必須重寫了。

只野動也不動地看著映在暗色窗戶上的自己的臉。那是一張看起來完全陌生的臉。

10

五天以後——

兵藤的房子顯得非常地安靜。

只野對村岡說：

『村岡先生，請您迴避一下好嗎？』

『這、為什麼？……』

『出去。』

兵藤命令道。

村岡只好一臉沮喪地走到後面，從只野的視線裡消失。

只野目不轉睛地看著兵藤。

他並不確信，但是貪念與欲望，及無底的憤怒，硬是把他心底的話擠出喉嚨。

『請讓我進入兵藤電機。』

兵藤只是默默地看著只野。

『請任用我當主管。我想我有權利這麼要求。』

『……』

『您有義務這麼做。不是嗎？』

『……』

『您殺死了我母親。不是嗎？』

『……』

『是您殺死的吧？』

『……』

『如果不能讓我進入兵藤電機工作，就給我錢。』

兵藤伸手拿起手杖，慢慢地站了起來。

『喂，請等一下。』

『村岡會給你三百萬。』

兵藤平靜地說，然後移動腳步。

『慢著……等一下！』只野憤怒地說著。『您說您和我的母親交往了六年。喂，我是誰的孩子？我也有可能是您的孩子吧？』

『回去！』

兵藤看也不看只野地說。他那細瘦的身體朝著走廊的方向走去。

只野猛然站起來，抓起錄音機，追著兵藤。

『這樣好嗎？……』

只野不顧一切地把錄音機遞到兵藤的面前，並且接著說：

『讓我成為公司的一員，我也要分您的財產，否則我就把錄著您說的話的錄音帶寄給媒體。那麼，您就完了，您的公司也會毀了。這樣好嗎？』

『你就那麼做吧！』

剛開始的時候，只野不知道這句話是誰說的。

拉門被拉開，村岡走了進來。不，這個人真的是那個村岡嗎？銳利的眼神、抬頭挺胸的姿勢……只野完全看呆了。

村岡跪坐下來，從矮桌子的下面拿出一個東西。那也是一個小型錄音機，機體上的紅色小燈亮著，表示錄音機處在開啟的狀態下。

『這裡面有你犯了恐嚇罪的證據。』

村岡冷笑地說，並且將名片遞到只野的面前。『兵藤徵信社』幾個字，非常刺眼地映入只野的眼簾。

『很抱歉沒能事先告訴你，家父看中了我的偵探能力。』

『那……你是……』

被兵藤電機拒絕僱用的兒子。

只野猛然回頭看，已經不見兵藤的身影，只聽到從走廊那邊傳來的，手杖敲打地面的叩叩聲……

村岡好像要把只野的注意力叫喚回來似的，說：

『首先，我必須告訴你，你誤會了。你不是我的弟弟，我們的血型不合；還有，殺死你母親的人，不是家父。殺死她的人，很有可能是你的父親。』

只野的胸部好像被人用力擊中般，說不出話了。

『你的母親和我的父親好像約好，要同時提出離婚證書。家父確實要求過家母在離婚證書上蓋章，這是他與你母親的約定。但是家母不願意蓋章，這讓你母親非常著急。不久之後，你的母親就失蹤了。我認為你的母親是——因為她想和你父親離婚，你父親不願意，因此殺死了你的母親。』

那個晚上……

父親生氣怒罵，母親又哭又叫……

『家父大概一直覺得你很可憐吧，所以曾說過要在自己有生之年，讓你進入公司工作。但是因為我的緣故，他不想因為關係任用員工，所以安排了那個面試。他故意讓你認為他殺死了你的母親的原因，就是想了解一下你的本性，看看你是否誠實。在表現仇恨的強度上，你合格了；但用勒索的方式來彌補仇恨，卻是不及格的行為。所以，你不能進入公司。就是這樣。』

只野站著，呆呆地聽著。他的腦子和情緒，似乎都停止了運轉。

『交換吧！』

村岡說著，伸手從只野的手上拿走錄音機，並且把自己手上的錄音機塞進只野的手裡。

『最後再告訴你一件事。你母親當年好像打算帶著你和你妹妹一起離家出走。』
外面有風。
只野走在前往車站的路上。
他的眼睛毫無意識地濕了，也不知道到底是不是淚水。
他看著濕掉的名牌。名牌雖然濕了，但是上面的字仍然清楚可辨。
只野正幸──
只是正好幸運嗎？
只野加快腳步。呵、呵、呵……他的內心突然湧現一種莫名的、可笑的感覺。

口頭禪

1

星期二和星期四要做的事情是：丟垃圾——吃吐司早餐——去家事法庭的家事調解委員會。不知道從什麼時候開始，生活的步驟就變成這樣了。

關根幸江穿著灰色的套裝走進起居室，看著電視畫面上的時間顯示，調整自己手上有點慢了的手錶。非快一點不可了。如果錯過了九點零二分的巴士，就得等三十分鐘才會再有車子。雖然還可以趕上十點鐘開始的調解委員會，但是，氣喘吁吁地趕進去開會，實在是不太好看。而且今天要處理的是一樁新的離婚調解案，在和當事人見面之前，必須先和同一組的另一位調解委員交換意見。

幸江告訴丈夫自己中午之後就會回來，然後便匆匆忙忙地走出家門。裝飾玄關的鴨跖草的小白花，讓她突然想起昨天的生日。她對五十九歲這個年紀沒有什麼特別的感慨，但女兒們打電話給她，在電話裡半開玩笑地說她『終於』五十九歲了、『馬上』就要六十歲了之類的話，她也不是一點感覺也沒有。不過，她並沒有男人們『六十歲——退休——養老』的感覺。倒是四年前抱著第一個孫子時，她第一次意識到自己已經『老了』的事實。

巴士裡的乘客有七成是臉上有著深深皺紋的人。男性乘客大都很沉默，相對之下，女性乘客的交談聲就顯得有些嘈雜了。她們談論的不外乎：不對的人總是媳婦、和鄰居吵架、夫家的人很麻煩……等等。這些讓人聯想到脫口秀題材的話題，在綜合醫院的待診室裡，也一樣聽得到。

幸江在綜合醫院前面兩站的『法院前』站按了下車鈴。她喜歡按鈴的那一瞬間，小小的解放感與優越感，讓她的指尖雀躍不已。

F家事法庭在地方法院大樓的二、三樓。大多數在充滿陽光的南側走廊上來來往往的人，都是和這裡的陽光氣氛極度相反，因為家庭問題、臉上的表情十分陰鬱的人。

幸江從正面樓梯上樓，靜靜地推開家事法庭書記官室。

『早安。』

以開朗的聲音和幸江打招呼的堀田恆子，是一位三十五歲左右的家事書記官。她非常了解如何應對年長者，又沒有一般女性書記官一本正經模樣。幸江曾經聽同一樓層的別的部門的人談過恆子，男性調解委員們對恆子讚賞有加，認為：為人妻者如果都能像恆子那樣，那麼需要委員們去調解的離婚案件，一定會減少很多——

恆子一邊把文件覆蓋起來，一邊說：

『關根姊有新的案件嗎？』

『是呀！』

幸江含糊地回答。她在簽到簿上蓋了章後，才轉過頭來正眼看著恆子，問：

『綿貫先生已經來了吧？』

『嗯，他已經先去休息室了。』

恆子回答的聲音很正常，但是她臉上卻露出對幸江感到同情的表情。

『和綿貫先生當調解同伴很辛苦呀！』

幸江要笑不笑地點了個頭，表情有點曖昧。

調解同伴——搭檔調解離婚案件的兩位委員中對另一位委員的稱呼。希望和個性好的人同一組，是人之常情，但是，和誰搭檔是由家事部來決定，不是委員們可以自己決定的事。總之，這是看籤運好壞的世界。雖然有人批評家事法庭的調解委員會安排調解委員搭檔的方式並不恰當，但是，委員們對以抽籤的方式來決定調解同伴，其實是覺得憂喜參半的。

幸江這次的搭檔，可以說是大大出乎她的意料之外。

六十八歲的綿貫邦彥曾經是中學的校長，是一位固守原則、很難通融的人。他在面對『想求去的妻子』特別嚴厲，這是大家都知道的事。之前和綿貫搭檔調解離婚的案件時，幸江就很明顯地感覺到綿貫大男人主義的風格。男性的委員——尤其是年紀較大的委員——要求女性做一個『貞潔賢淑的妻子』、『糟糠妻』的傾向比較強；對不能忍耐丈夫頻繁的暴力行為而依賴家事調解委員會的調解、像綿羊一樣柔弱的女性，他們開口就以逼問的口吻問：『妳想讓孩子變成沒有父親的人嗎？』綿貫高姿態的調解方式，不僅讓前來求助的女性忍不住痛哭，也讓和他搭檔的調解同伴傻眼。

幸江離開書記官室，往調解委員休息室走去。前來申請今天開始調解的，正是『想求去的妻子』，而且是已經有三個孩子的母親。半個月前，幸江知道這次的搭檔是綿貫時，就已經作了某種心理準備。她覺得面對這個案子時，必須多多幫助女方，否則恐怕會出現不公平的結果。休息室裡已經來了大約十五位左右的調解委員，大部分的委員坐在一起，正在喝茶閒聊。即將接新案件的兩組人沒有加入閒聊，而是各自坐在旁邊的桌子邊，討論新的案件。綿貫背對著入口的方向，一個人獨坐在窗邊，好像正在欣賞中庭的新綠。

『綿貫先生。』

在幸江的叫喚下，綿貫面無表情地回頭。

幸江點頭行禮，說：

『我是關根，這次我們又搭檔了，請多多指教。』

『啊，請多指教……』

綿貫的態度不像平常那麼自大，而且雙眼無神，完全看不出大男人的霸氣，好像變了一個人似的。

『綿貫先生，您的身體不舒服嗎？』

幸江就著桌子坐下，和綿貫談了大約五分鐘後，因為綿貫的談話一直無法進入主題，於是幸江便忍不住焦急地問了這樣的話。

『啊，是因為……』

綿貫很直接地把自己的問題說了出來。他做了市民的定期健康檢查，拍了X光片，發現有一個不大好的陰影，昨天接到健保中心的通知，說要再去做覆核。

這麼一點小事——

幸江差點說出經常掛在嘴邊的這句話。

這是前年去世的母親的口頭禪，她是非常注重小孩子禮儀、教養的人。當自己心情煩悶、想不開時，就會不斷聽到母親說這句話。這麼一點小事就哭，那以後怎麼辦？這麼一點小事而已，不快點忘掉的話——

幸江在不知不覺中繼承了母親的這句口頭禪，並經常以嚴厲的口氣，對在家膽大、在外怯弱的女兒，以及想逃避社會的丈夫說這句話；她也會對不知為什麼而感到挫折的自己說這句話。

幸江掩飾自己想說這句話的表情，她很了解對自己的健康失去信心的男人有多脆弱。

『一定是哪裡搞錯了。在那個奇怪的車子裡拍的X光照片，不是能相信的東西。』

『如果是妳說的那樣就好了，但是……』

綿貫完全忘了堅強是什麼東西了。他的妻子在三年前往生，眼前的他，臉上的表情已經寫著：無人扶持的自己，將過著悽慘、孤獨的住院人生。

今天就請妳主導調解吧！綿貫說完這句話，便去上廁所。

幸江嘆了一口氣，然後看著攤開在桌子上的文件資料。

『平成四年（家事法庭乙字）第三二五調解夫妻關係案件』

『申請人　菊田好美（二十九歲）』

『對象　菊田寬治（三十歲）』

如果綿貫一直像現在這樣軟弱，那麼對申請這個調解事件的菊田好美來說，或許可說是幸運地抽到好籤了。

幸江繼續看著文件。之前她已經看過兩次了，所以大體上已經把文件的內容都記在腦海裡了。

菊田和好美從高中時期就開始交往，八年前兩人結婚，生了三個女兒，分別是八歲、六歲和五歲。從長女的年紀看來，他們的婚姻應該就是時下常說的『先有後婚』吧！他們的婚姻關係幾年前就很冷淡，去年起兩人分居，好美帶著女兒們住在娘家。回娘家住的好美三番兩次寄離婚協議書給菊田，但菊田都置之不理，所以好美便向家事法庭請求協助。

訴請離婚的理由是——

好美在申請調解書上寫的離婚動機，用掉了例示字眼裡的一半，例如『個性不合』、『有外遇』、『酗酒』、『浪費』、『精神虐待』等等。兩個月前進行例行家事法庭調查官問話時，她很直接地說了自己的心情，表示『希望能盡早和丈夫離婚，因為如果還得和丈夫一起生活的話，寧可死了算了』。

幸江的視線投向門的方向時，以前曾經擔任檢查官的委員正好進來，他的調解同伴是曾經擔任護士的女性。這位女性委員進來時，對幸江點了個頭，表示禮貌。

綿貫一直還沒有從廁所回來，或許是直接到三樓的調解室了。一想到這裡，即便時間還沒有到，幸江仍然抱起文件，走出休息室。

開始上樓沒有多久，就看到菊田好美的背影就在前面。幸江認為前面的女人就是菊田好美的原因，是因為她穿著樸素的套裝，並且帶著三個年紀看起來相當符合文件上形容的女孩子。年紀比較大的那兩個女孩穿著洋裝，最小的女孩穿著好像是幼稚園制服的服裝。一個已經有點白髮的女人，牽著那個最小的女孩。這個有點年紀的女人，一定是好美的母親。

最小的女孩突然拍手、笑了起來。好像是因為二女兒鞋子突然鬆脫了一只的關係。

幸江加快了爬樓梯的腳步，心想：上前打個招呼吧！雖然當了她的調解委員，但只是上前去告訴她不要緊張，應該沒有關係的。幸江很快就走到她們的背後。好美和她的母親一定是聽到腳步聲了，所以同時回頭看。

幸江忍不住倒抽了一口氣。

幾秒鐘之後，她便了解自己為什麼會有那樣的反應了。

那是一張熟悉的臉。好美的臉。不，是好美的母親的臉。

好美的母親帶著緊張，向幸江行了個禮，說：

『對不起，請問等待室在哪裡？』

幸江指指右手邊，隔了一會兒後，才有點不自然地說：

『申請人的等待室的話，在那邊。』

『那個——』

這次開口的人是好美。她戰戰兢兢地問：

『不會和對方在一起吧？』

『不會。申請人和對方的等待室是分開的，請不必擔心。』

幸江說完，對她們兩個人點頭示意之後，就走往調解室的走廊那邊。

她的腳微微地發抖。

怎麼會這樣呢？她忍不住如此想。

可是，應該沒有看錯。她不會忘記『那個女人』的臉……

幸江走進第三調解室，綿貫還沒有來。她把所有的文件資料散開在桌子上，然後慌忙地翻動那堆資料。她的心跳變得好快。在找到戶籍謄本之前，她看到了『身分關係圖』這幾個字。

她覺得身上的汗腺好像全部張開了般。在一堆文件中翻找了一會兒後，她終於找到戶籍謄本。果然沒錯。

菊田好美在婚前姓『時澤』——

2

幸江呆呆地愣了一會兒。

她看了一眼牆上的壁鐘。再過十五分鐘，調解的工作就要開始了。她靜靜坐在椅子上，讓心情平靜下來。

認識的人——按照規定，不能做認識的人的調解委員。地方性的城市不同於大都市，人口不是那麼多，所以長年做家事調解委員的人，難免會有一、兩次遇到熟人的時候，幸江去年有過這樣的經驗。那是一樁訴請認養無效的案件，申請人是幸江認識的一位地名研究者。幸江大學畢業後，在縣立圖書館負責處理書籍的事情，在那裡工作了一段相當長的時間。因為曾經數次幫忙那位地名研究者調查資料，所以算得上是認識的熟人。幸江把認識那位研究者的事情告訴書記官後，便退出那樁調解案件。

但是……

她算認識菊田好美和菊田好美的母親時澤絲子嗎？

幸江從來沒有和她們說過話，若說是知道長相的話，也只是幸江單方面知道她們而已。

幸江閉上眼睛，慢慢想著。

當時的記憶像一團亂雲一樣地在腦海裡甦醒了。那是十二年前……不，是十三年前的事情。

那時，幸江住在隸屬於縣政府所屬的國宅『巨象社區』，長女瑞希在食品批發商的公司上班，二女兒奈津子正在縣立高中就讀二年級，原本是小學老師的丈夫房夫在長期休假兩年後，終於三個月前正式辭去教職。房夫得了自律神經失調的毛病。但這個病名不久之後被重寫成心身症，因為被要求經常去醫院的精神科做檢查。

丈夫的精神性疾病已經讓幸江覺得未來的人生暗淡無光了，奈津子拒絕上學的問題又接踵而來。梅雨季節過後不久的七月，奈津子突然不去學校了。

我身體不舒服——奈津子每天早上都把自己悶在被窩裡，然後對幸江這麼說。幸江問她哪裡不舒服時，她什麼也不說；幫她量體溫時，也不見有發燒的現象。剛開始的時候，幸江覺得小孩子鬧情緒，所以只是鼓勵、安撫她，但後來還是放心不下，要帶她去看醫生，可是她卻怎麼樣也不願意下床，又哭又叫地抵抗，說什麼都不願意去看醫生。奈津子那時的情形實在很不尋常，幸江也只好接受自己的女兒不願意去學校的事實，但是她知道奈津子不去學校的原因，應該不是真的身體不舒服，或是逃避學習。

幸江覺得很困惑，她實在想不出奈津子不願意去上學的理由。她在學校的成績還過得去，並且曾經表示過學校的老師都很有個性，所以上課的時候相當有趣。奈津子也很熱中社團的活動，社團練習曼陀林的時候，她更是從不缺席。她好像也當過棒球社經理，偶爾還有男同學打電話到家裡來找她，所以幸江一直以為奈津子的青春時代過得很開心。沒想到……

莫非是被同學欺負了？想到奈津子幾乎絕口不提班上的事情，幸江忍不住產生這種想法。可是問她是不是被同學欺負了？她又很明確地說：『沒有。』幸江還因此跑去學校問老師，可是老師也是搖頭說不知道。在那樣混沌不明的情況下，幸江又發現了一件讓她感到困惑的事：奈津子一直很寶貝地放在壁櫥裡的陶製存錢筒不見了。那個存錢筒是奈津子存放小時候的壓歲錢的地方，幸江曾經叫她把那些錢拿去銀行存，但是奈津子捨不得打破那個存錢筒，所以那些壓歲錢就一直放在那個存錢筒裡。裡面大約有十萬日圓吧！不，或許還更多。到底拿去做什麼用了呢？幸江問起存錢筒的事時，奈津子便說：『不知道。』幸江再三追問的結果，奈津子竟然信口胡謅，『可能是被小偷偷走了。』或回答『或許是被姊姊偷走了。』

一直到暑假開始以後，奈津子奇怪的態度才漸漸有緩和下來的傾向。把自己關在房間裡的時間減少了，臉上偶爾也會出現開朗的表情。由此可以很明顯地了解：奈津子的改變是因為學校放假了的關係。這樣的情況，讓幸江更加相信奈津子受到了同學的欺負。另外，存錢筒的事也讓幸江十分擔心，是不是有人向奈津子勒索金錢呢？那個時期電視和報紙上，經常報導學園內勒索、恐嚇的事件。

幸江雖然感到不安與疑慮，但也只能抱著希望奈津子可以好轉的心情，靜靜地守候，期待她能逐漸恢復正常。幸江認為：到底發生了什麼事情，以後再知道也無妨，只要奈津子能恢復到以前的樣子就行了。奈津子大概接收到幸江這番心意了吧。像是有心掃除幸江心中的不安般，她在中元節過後，只要幸江開口要求，她就願意和幸江一起外出購物。但是——

有一次她們去附近的超級市場買魚。因為奈津子說想吃生魚片，所以她們就站在特價品的冷藏櫃選擇想要的生魚片。

幸江感覺到背後有人在看她們，回頭一看，發現通道的前方站著一位高瘦的少女。那個少女穿著和奈津子同一所高中的制服，手裡提著運動背包，網球拍夾在腋下。

她的眼神很可怕——幸江如此覺得。那個少女以挑釁的眼神看著這邊，但是她的眼神注視的對象不是幸江，而是直直投射在奈津子的身上。幸江忘不了奈津子當時的反應。奈津子低垂著頭，臉色蒼白得像一張紙，嘴唇微微顫抖著。幸江小聲地問奈津子：『那是誰？』但奈津子沒有回答。當幸江的視線回到通道上時，那位少女正好提著點心盒，邁開腳步走開；她走到結帳的櫃台旁，和一個好像是她的母親的女人站在一起。那個女人有一頭波浪般的栗色鬈髮，穿著天空藍的夏季針織衫，和有花紋的喇叭裙；是一個很有都會氣質的女性。

自從那一天以後，奈津子又不再外出了。幸江鐵了心問奈津子：『妳在學校被她欺負了嗎？』結果奈津子卻睜大了眼睛叫道：『妳不要管！妳如果多管閒事的話，我會死的！』

幸江根本無法和丈夫商量這些痛苦的事情。

就像家裡有兩個不願上學的孩子一樣，丈夫也是一天到晚把自己關在房間裡，什麼也不做、什麼也不說。

心身症。這個病名讓幸江不得不背負起更大的負擔。幸江的婆婆是一個很在意世俗輿論的人，所以再三交代不能把丈夫去看精神科醫生的事情說出去，因為這不僅關係到房夫的將來，也會影響到兩個女兒瑞希與奈津子將來的婚姻。這當然也是幸江最害怕的事情。身心病是一種令人難以接受、又容易被歧視的毛病，並且根深蒂固地被認為是一種來自祖父母或雙親的遺傳疾病。這雖然是一種偏見，可是，即使是自己的丈夫有了這種毛病，做妻子的人也不見得就拋得開這樣的偏見。

幸江透過區公所的職員，得知在超級市場遇到的那對母女，也住在縣政府所屬的國宅，她們住在最南端的K棟，姓『時澤』。好美是獨生女，和奈津子同年，一樣就讀高中二年級，是奈津子隔壁班的學生。

好幾次幸江都想直接衝去找好美，想問她到底對奈津子做了什麼事。幸江想去找好美，希望好美能向奈津子道歉，並且答應再也不要接近奈津子。

可是，幸江最後並沒有那麼做，而這件事一直像針一樣刺在自己的心口。之所以沒有去做，固然是和奈津子說如果自己多管閒事的話，她就要死有關。但是讓奈津子痛苦到想死的事情，做為母親的人，可以任由女兒煩惱、痛苦，而不採取任何行動嗎？

沒有去找好美的最主要原因，是因為幸江感到害怕，她不想在社區內起糾紛。如果在社區內引發爭執的話，不僅奈津子不去上學的事情會變成社區內的話題，房夫的病情或許也會被大家知道。她原本就生活得戰戰兢兢了，世人的耳、目、嘴巴比什麼東西都可怕。

幸江張開眼睛。

當時將想法深埋在心中的痛苦，在心中甦醒了。

看看牆上的時鐘，離調解的時間還有三分鐘。她還在猶豫到底要不要退出這個調解事件。時澤母女當然不是她的熟人，但是她對這對母女確實有著特別的感情，這是她不能否認的事情。調解委員雖然不是固定的工作，但怎麼說都算是國家的公務員之一，所以還是應該退出這件調解案比較好吧？

幸江再度閉上眼睛。

鮮紅的豐田STARLET浮上眼前。

時澤絲子好像很幸福的樣子。雖然和幸江住在同一個社區，但卻總是穿著高雅、買高價的肉品、乘坐好像是她自己專用的紅色STARLET上美容院。

幸江經常在從社區走到超級市場的斜坡上，被那輛擦洗得亮晶晶的紅色STARLET追過。踩著腳踏車，滿身是汗地從超級市場回來的幸江的車籃裡，是便宜的特價散壽司飯。為了照顧房夫，她辭掉了工作多年的圖書館的工作，本來準備拿來買房子的儲蓄金，必須拿來付房租；婆婆為了封鎖丈夫的病情而寄來的封口費，則拿來當醫藥費；一家四口的飲食費用，全靠剛剛開始工作賺錢的長女瑞希的微薄薪水。這麼一點小事——她有時嘴巴上雖然如此說著，心裡其實在流眼淚。

秋天的時候，紅色的STARLET突然從社區裡消失了。

聽說她們搬到郊外新蓋的大房子了。聽社區裡的人說，時澤絲子的丈夫是空調設備公司的課長，所以她們的新居裡還有中央暖氣系統。

可是，後來就沒有她們的消息，不知道她們怎麼樣了。

剛才所看到的時澤絲子看起來相當蒼老，這可能是她的頭髮顯得花白的緣故。她應該比幸江還小個三、四歲，可是卻像已經六十幾歲的人，穿著鬆緊帶的長褲，根本看不到腰身。她不像是住在郊外的豪宅裡，享受悠閒的老人生活的女人。

幸江的臉上不自覺地綻放出微笑的表情。

當年奈津子雖然有段時而去學校、時而不去學校的不愉快高中生涯，所幸還是讀畢業了，並且取得牙科衛生人員的資格，在工作的地點與繼承牙科診所的小開一見鍾情，幸江也像童話故事一樣，幸福地得到一個乘龍快婿。在婚宴裡，新郎朗讀的一段感謝詞，好像還在耳邊迴盪。他說：『感謝我的岳父、岳母，他們教養出這麼一位溫柔又認真的女兒。』前年奈津子也做媽媽了，現在每個月都會開著進口的紅色外國轎車回來，讓幸江看外孫的臉。

不知對方是怎麼教育小孩的？

年紀輕輕就和沒有出息的男人在一起，並且生了三個女兒，最後還為了離婚的問題，來家事法庭請求幫助。

我贏了，幸江的內心很自然地產生驕傲的感覺。就在這個時候，調解室的門開了。是綿貫。

『咦？還沒有來嗎？』

幸江看了一下手錶。正好十點鐘。

『要去叫她嗎？』

可以呀！幸江心裡想著，但沒有說話。

『怎麼？還不能去叫嗎？』

於是幸江抬起頭，說：

『拜託您了。』

『沒有問題。』

綿貫說著，關上調解室的門，去叫菊田好美。

幸江像撫摸一樣，輕輕碰觸自己的右手。

不是要報仇，只是想了解時澤母女『那之後』的生活。現在和從前的立場是否真的逆轉了？幸江想用自己的眼睛和耳朵親自確認。

當年，她的右手總是很清楚地感覺到STARLET駛過身邊時，所帶來的風流動的壓力。沒有做虧心事。

3

綿貫回到調解室後，坐在幸江旁邊的椅子上。沒多久，敲門的聲音便從門的那邊傳過來。

『對不起。』

這個聲音之後，菊田好美微微低著頭走進來，然後有些膽怯似的坐在幸江正對面的椅子上。當她抬頭看到幸江時，輕輕地『啊』了一聲。

幸江忍不住起了雞皮疙瘩，但是，好美很快就垂下頭，說：

『謝謝您剛才告訴我們等待室在哪裡。』

沒錯，她應該不會發現才對。幸江並沒有介紹自己的名字，而且十三年前，她們也只是匆匆見過一次面。剛才是因為她們母女同時出現，幸江才會想到是她。如果今天時澤絲子沒有一起來的話，幸江一定不會想到菊田好美就是當年在超級市場見過的那個少女吧！

『不用客氣。』

幸江語氣平淡地回答，然後轉頭看著綿貫，意思是請綿貫開始了，但是綿貫卻以眼神表示，請幸江開始。幸江原本以為綿貫一定會在開始的時候，就想掌握調解的主導，但是她顯然想錯了。幸江內心其實在期待綿貫像平常一樣，一開始就以嚴厲的態度，指責『想求去的妻子』——菊田好美。

於是幸江的身體靠近桌子，雙手交握地展開開場白：

『開始之前，我必須先說明，調解和判決不一樣，這裡不是判定好壞或黑白的地方。我們調解委員會所做的事情，是尋找出可以讓雙方同意，並且覺得合理的方式，來處理你們的婚姻問題。我們一定會絞盡腦汁，給妳最大的幫助的。但是，這畢竟是你們夫婦的問題，所以請你們不要忘了，你們自己也要好好思考如何解決自身的事情。』

菊田好美動也不動，非常乖巧地聽著——在幸江的眼睛所看到的，就是這樣。

『還有，調解委員會派給每個案子的處理人員有三個，除了我們兩個調解委員外，還有一位家事法官。不過，家事法官現在不在場。這位法官是現職的法官，我們會把每次調解的情形寫成報告，讓家事法官閱讀——』

『那個——』

好美突然很擔心似的開口了。

『您說每一次——像這樣的調解會議，總共會有幾次呢？』

幸江被問得呆住了，她的話也被好美打斷了。還沒有正式開始調解的行動，就問總共要調解幾次，這個人也太沒有神經了吧？

幸江輕輕咳了一聲，才說：

『依情況而定，大多數案子都必須經過三到六次的調解會議。』

『六次？那要花多少時間呀？』

『一般來說，調解會議一個月進行一次，如果以這樣的速度——』

『那不是要花半年的時間嗎？』

好美又打斷幸江的話。

幸江忍不住輕輕地瞪了好美一眼。這個女人的家教到底是怎麼回事？

『我沒有辦法等半年，我希望可以馬上就離婚。總之，那個人太可惡了，是天底下最糟糕的男人。我的父母、朋友，都希望我能早點離開那個人。』

輪到幸江打斷好美的話了。幸江說：

『請冷靜，慢慢聽我一點一點地說。』

幸江翻動文件，下意識地選擇用語。

『你們從高中時代就開始交往了？』

『認真說的話，我們從國中三年級就開始交往了。那個人一直糾纏我，沒辦法，我只好和他交往了。他是個很早熟的人，當時就對異性產生興趣了。』

好美好像打算把青春時期的事情，也拿來當作離婚的原因。

『可是，開始的時候妳也是喜歡他的吧？否則不會和他交往了六年後，還和他結婚。』

好美的表情雖然看起來有些為難的樣子，但是她說話仍然很強硬。

『因為我們讀同一所高中，所以就拖拖拉拉地持續交往。那個人的佔有慾很強，我只是稍微多看了一眼別的男生，他就會大吼大叫地罵我，也曾經打過我。』

『他一定是太喜歡妳了，才會那樣。』

好美想盡量暴露丈夫的缺點，讓人對他生厭，可是幸江的回答卻與好美希望的相反，所以好美顯得很不高興。綿貫看了幸江一眼，他沒有想到幸江竟然會說出對男方有利的話。

幸江無言地翻看文件。

她想把話題拉到好美的高中時代。因為或許可以從與好美的對話中，知道好美為什麼要欺負奈津子的理由。還有，拿走奈津子的存錢筒的人，莫非也是好美？

但是，想要從好美的口中套出話來，並不是簡單的事情。

幸江突然想起奈津子的笑容。奈津子抱著小嬰兒，從紅色的外國進口轎車下來時的笑容。

『命令那個人趕快離開我吧！』

幸江眼前的女人——好美——非常急切地說著。這個好像身體和心理都已經陷入狂亂狀態的可憐女人，陷入了焦急。

沒有必要競爭，因為勝負已經很清楚了。

幸江輕輕吸了一口氣，然後說：

『現在我要問具體性的事項了，請妳仔細聽。首先，妳來申請調解的動機一定有很多吧？』

『嗯。』

『妳懷疑妳的丈夫和別的女人在交往嗎？』

『是的，他有很多女人。』

『妳有什麼證據可以證明他和別的女人交往？』

『我沒有證據，但是我知道他有別的女人。』

『妳怎麼知道的？』

『從旅館的火柴盒和香水的味道。還有，他的手機經常響。』

好美的發言有點像在信口胡謅。

『資料上說他對妳進行精神虐待。那是怎麼一回事？』

『那種事太多了，說都說不完。』

『妳舉個例子說說看。』

『他無視我的存在，只知道誇獎別的女人，老是說誰誰誰的老婆又生了一個兒子之類的話。』

『他想要兒子嗎？』

『他是為了讓我難堪才那樣說的，事實上他根本就不喜歡。我們分居以後，他連一次也沒有來看過女兒們。』好美非常焦躁，急促地接著說：『拜託，這些事情說再多也沒有用吧？請您們去說服他，只要他點頭，我隨時都願意和他離婚。』

幸江把桌上的文件合起來，特意沉默著，好讓綿貫發言。可是，綿貫並沒有發出任何憤怒、不滿的言詞。這種時候，這個男人大概只沉浸在他自己的問題當中吧？幸江忍不住這麼想。

幸江只好壓低了聲音，繼續說道：

『事情沒有那麼簡單吧？你們還有三個女兒呀！』

『我會把她們養育成人的。』

『來這裡之前，妳有和妳的丈夫談過孩子們的教育費的問題嗎？』

『當然談過了。那個人因為不想給我贍養費和小孩子的教育費用，所以不願意離婚。』

『他這樣說過嗎？』

『他沒有這麼說。但是，他不想離婚的原因一定是這樣的。』

這些完全是以自我為中心的回答。

幸江從眼前的好美，看到時澤絲子的影子，於是她終於把一直想卡在喉嚨裡的問題說出來：

『目前妳住在娘家嗎？』

『是的。』

『離了婚以後呢？有什麼打算？』

『我想搬出去住。因為家裡太小了。』

『小？……』

幸江忍不住如此反問。

『是的。雖然以前我住的是大房子，但是自從家父的公司倒閉後，就只能租小房子住了。』

幸江覺得背脊發麻。這並不是因為打寒顫或覺得痛快所引起的反應。

『那很辛苦吧？』

幸江盯著好美的鼻子說。

好美的瞳孔裡瞬間閃爍出困惑之色。她一定是感覺到這句話異於尋常的意義與音調了。

幸江抬頭看時鐘，十點四十分，是應該叫對方——菊田寬治的時間了。

『現在是要請妳先生進來說話的時間了。請妳先去等待室休息，我們和他談完後，會再請妳進來這裡的。』

聽到這句話後，好美依依不捨似的慢慢站起來，她看看幸江，又看看綿貫，然後以哀怨的口氣說：

『求求您們讓我和他離婚吧！和他在一起的時候，確實也有過快樂的時候，那時他是棒球隊的王牌投手，長得很帥，對我也很溫柔。可是，我們現在已經不行了。我和他的想法完全不一樣，愈來愈不能溝通，早就沒有感情了。我雖然很想要錢，但是只要能早日和他離婚，我不會向他要很多錢的。請您們這樣轉告他。』

好美說完，便安靜地離開調解室。

幸江看綿貫，問：

『您覺得怎麼樣？』

『她急著想離婚。從她說可以不要錢的態度看來，她應該是有結婚的對象了。』

綿貫覺得很無趣似的說著。重點不是離婚，而是為了再結婚。好美應該是有結婚的對象了，離婚是為了再婚而做的準備。

幸江也有相同的想法。好美的言行顯得太做作了，好像在演戲。

做了調解委員就會知道，來請求調解婚姻問題的人當中，為了再婚而想離婚的比率，是相當高的。女人會在這種時候變得強勢，努力地讓社會與輿論站在自己這邊，為了讓新的戀情順利，不在乎自己成為離過婚的人。這種現象讓幸江覺得：擁有能力保護『屬於自己的女人』，追求『屬於自己的女人』的男人，是不是愈來愈少了呢？她很了解男人，時下的男人為了安逸的生活，愈來愈只想找『能幹』的女人。這種情況讓她覺得無能又不會談戀愛的男人，真的是愈來愈多了。

『我去請對方進來。』

像綿貫這麼說後，幸江走到走廊上。

她沒有譴責好美的意思，反而以慶幸一條落水狗可以爬回地面的心情，在看待好美的事情。

4

和菊田寬治談話時，問話的內容也是幸江主導的。

『你太太想離婚的心意好像很堅定。』

幸江開口就這麼說，菊田無可奈何似的抓抓頭髮。從他臉上的表情，可以很明顯地看出他根本很不願意來這裡。

『菊田先生，你們為什麼會演變到這樣的地步呢？』

『我不知道……』

『是因為你有婚外情的關係嗎？』

菊田把手舉高，認真地搖搖手說：

『我沒有。不過，很久以前或許有過幾次那樣的事情。』

三十歲男人的『很久以前』，是什麼時候呢？

『那麼，是什麼原因讓你們的感情發生變化？』

『這個——應該說是個性不合吧！她變了，完全和以前不一樣。』

『但是，你不想離婚嗎？』

『……』

『為什麼呢？因為錢嗎？』

菊田不悅地『嘖』了一聲，說：

『好美那個女人這麼說了嗎？』

『不是，她沒有這麼說。』

幸江連忙否認。

『因為你們之間還有三個孩子，一般人都會認為你們離婚的話，你必須負擔很高的教育費用。』

『誰會在乎這種事情。』

菊田含含糊糊地說，有點虛張聲勢的樣子。幸江看著手邊的資料。菊田的職業欄裡填寫的工作單位名稱是『谷中物產』。是一間沒有聽說過的公司行號。

『既然如此，你不同意離婚的理由到底是什麼？因為還愛著你太太嗎？』

『怎麼可能？』菊田不屑地說：『我再也不想和那種歇斯底里的女人一起生活了。』

幸江目不轉睛地看著菊田好一會兒，心想：既然如此，為什麼還不願離婚呢？

在幸江的逼視下，菊田無可奈何似的嘆了一口氣，說：

『因為我覺得很沒有面子。她叫我們離婚，我就乖乖地在離婚證書上蓋章。這種事我辦不到。』

原來是面子的問題。實在是太固執了。

隔了一會兒後，幸江才平靜地說：

『沒有重修舊好的可能嗎？』
『沒有。』
菊田非常明白地說了。
幸江轉頭看綿貫，以視線催促綿貫發言。現在應該是男人和男人說話的時候。
綿貫抖了一下身體，才開口。
『唔——這個……』
綿貫原來靠著椅背坐著，現在一邊說，一邊將身體向前傾。
『這樣下去不會有結論的。如果經過兩、三回的調解後，仍然找不到你們都同意的結果的話，你太太就會請求法院判決。』
『法院判決……』
菊田的臉色變得陰沉起來。
『對，法院和這裡不一樣，那裡的處理方法是公開的，你的朋友或親人或許會被傳喚來當證人。』
菊田的臉色更加難看了。
『公司裡的人也會被傳喚嗎？』
『有必要的話，就會傳喚來當證人。』
『真糟糕！我連分居的事情都沒有讓公司的同事知道。』

原來菊田是這麼愛面子的人。看來是找到菊田的要害了。

『我們現在所說的事情，請你好好考慮，下一次再來這裡之前，請把心情整理好，問問自己是不是真的不想復合了？還有，如果真的要離婚的話，希望以什麼樣的形式達成離婚的協議。不要逃避問題，請回去以後好好思考這些問題。』

綿貫最後做總結說的那句話，好像也是說給他自己聽，給自己打氣的話。

菊田垂頭喪氣地離開調解室，走入走廊。幸江馬上站起來，她要把好美再次叫進調解室。

但是——

幸江一踏入走廊，就停下腳步。菊田也站在走廊上。

菊田的三個女兒並排站在申請人等待室的前面，眼睛看著菊田和幸江這邊。那不是看父親時的眼神，那是缺乏情感的六隻眼睛——

菊田逃也似的快速走下樓梯。

好美站在三個女兒的後面，幸江很快就看到她了。輕輕對好美點了一個頭後，幸江便退回到調解室。

幸江的心臟好像凍僵了。

她突然想到：今天並不是假日，好美為了離婚，把還在讀小學、幼稚園的女兒們帶到這裡——

好美走進調解室，以高傲的姿態坐下。

幸江俯視著她的臉。
傲慢而自私的女人。
這個女人一定會在女兒們的面前說丈夫的壞話，告訴她們：那個人不是妳們的父親。時澤絲子教養了好美，好美又教養了三個女兒……想到這裡，幸江就覺得很可怕。
幸江開口說了：
『看來似乎並非沒有商量的餘地。』
好美的表情一下子開朗起來，問：
『真的嗎？』
幸江馬上接著說：
『不過，也不會那麼順利的。』
『唔？……』
『妳說的事情非常籠統，無法讓人覺得妳丈夫真的有那麼大的錯誤。關於他的婚外情這一部分，妳一點證據也沒有，不是嗎？』
『是。是那樣沒錯，但是……』
『還有，就算要離婚，也有很多事情必須處理。例如：財產怎麼分、贍養費、子女教育費用、監護權等等的問題，都是必須面對的問題。要交涉妥當這些事情，至少要半年至一年的時間。』

『一年？』

好美一臉吃驚的模樣。

『不要開玩笑！我不能等那麼久。』

『是不能讓對方等那麼久。不是嗎？』

好美張大眼睛，臉都紅了。

『關根小姐——』

綿貫想插嘴說話，但是幸江不理他，仍然繼續說：

『妳有好事情吧？請妳要記住，如果反過來是妳有婚外情，那麼，妳的婚外情被發現的話，妳所申請的調解案，將會拖得更久，才會獲得解決。』

『那就到法院，請法官判決好了。』

好美叫道，並且轉頭看綿貫的方向，繼續說道：

『拜託，請讓法院判決。』

『很抱歉。』

幸江說，讓好美把臉轉回來朝向自己，接著又說：

『離婚是調解前置主義，除非調解無法成功，否則不會到法院進行判決。』

好美瞪大了眼睛，說：

『開玩笑！這太可笑了吧？我不要拖到一年。』

幸江拿起文件，敲著桌腳，然後站了起來，說：

『玫瑰般的人生就在前面等妳吧？所以這麼一點小事，應該可以忍耐一下吧！』

5

在法院的附近買了東西，回到家的時候，已經快接近一點了。房夫和平常一樣，一杯茶也沒有喝地等著幸江回來。

『午飯馬上就好了，等一下。』

幸江把盒子裡的壽司放在盤子裡，很快地煮了一鍋清湯，回到起居室。

『今天事情比較忙。』

房夫也不問幸江忙什麼，面無表情地伸手去拿壽司，沒有沾醬油就塞進嘴巴裡。

她並沒有諒解這個人的軟弱。

房夫還在當老師的時候，好像曾經很努力地讓自己做一個『熱心老師』。他原本教的是六年級的孩子，六年級的畢業後，接下來負責一班二年級的學生。很不幸的，那一個班級裡有幾個特別不穩定的孩子，於是他也變得無法控制自己的情緒，經常無法好好地上課或指導學生，有時還會被校長指責、和學生的家長發生衝突，後來連身體也變壞了。

醫生說他得了『自律神經失調』的病。幸江永遠忘不了房夫聽到這個病名時臉上的表情。那是『終於可以放心了』的表情。他好像很高興自己得了那樣的病，因為有了這個病，就可以不用再去學校、可以逃離那間教室了。房夫的表情，讓幸江一瞬間有這種感覺。

那一瞬間就是一切了。房夫沒有面對疾病，也不知道如何去面對。他只是捧著那個突然降臨的病名，在自憐的情緒之中慢慢地浪費寶貴的人生。幸江也怨恨房夫的母親，因為她養育出一個軟弱、無能的人，她沒有教導房夫：軟弱，有時也是一種罪惡。

這麼一點小事——

關於這一點，幸江只和房夫面對面談過一次，那是在被診斷為心身症之前的事。她認為房夫只是個性懶散、不積極，並不覺得那是一種心理的疾病；而且，就算房夫真的是有那樣的病，她相信只要有心，也一定可以治好。不過，不管房夫的問題是不是一種病，她都不懷疑房夫對工作這件事，有著男人的矛盾心理。只不過直到房夫已經過了六十歲，她才知道房夫對工作這件事確實存在著矛盾心理。以前的同事現在都已經到了退休的年紀，不工作也沒有關係了。房夫在知道這個情形後，病情上有著驚人的好轉。

幸江看著院子。

如果婆婆沒有留下這間房子和遺產，不知道他們這一家人現在會怎麼樣。

幸江轉頭看著房夫的臉，他正默默地在吃壽司。

守著這個人，對別人隱瞞他的病情，教養了兩個女兒。幸江很慶幸到了這個年紀，還有工作可以做。她請以前在圖書館工作時認識的法官寫推薦信，並且通過了調解委員的考試，才得到這個工作機會。靠著這份工作的收入和養老金，她和房夫的生活應該不成問題了；她甚至可以確信未來的日子不會難過。

時澤母女的影像掠過腦際。

租來的小房子……支離破碎的離婚調解……

『告訴你——』幸江開口說：『今天我在法院遇到從前認識的人。』

『唔。』

『那個人很漂亮，穿著也很時髦，是一個很有都會感的人。』

『唔。』

『但是，我覺得她太華麗了，不管是服裝還是化妝都一樣；她的生活好像也很奢華，總是上美容院、坐著轎車。』

『唔。』

『可是不知道為什麼她變了。今天我見到她的時候，真的是嚇了一大跳，因為她顯得好老。』

『唔。』

『還有，她的女兒來申請調解離婚。她的女兒已經有三個小孩了，卻還要離婚。好像是因為偷偷認識了什麼男人的關係吧！實在太令人訝異了。』

『唔。』

『不管怎麼說，人生還是應該好好過日子、好好教養子女。』

房夫最後又『唔』了一聲，然後就站起來，走到沙發那邊坐下，用遙控器把電視的音量轉大。

幸江只好無聊地喝著茶。她的視線移轉到電話那邊，心裡想著：如果把今天的事情告訴奈津子，不知道她會怎麼說。

家事法庭是安靜的辦事處。幸江在接受調解委員的任命之後，家事法庭的所長來打招呼時，就是這麼說的。他的說法也可以解釋為家事法庭是一個沉默的公家機關。這裡和地方法院不一樣，每一個案件都關係到個人的隱私，所以必須嚴守保密。

幸江站起來，把餐具放在托盤後，往廚房的方向走去。電話鈴聲在這個時候響了。

電話鈴聲讓人心驚。平常會在白天打電話到安靜的家裡來的人，不是奇怪的推銷員，就是兩個女兒中的一個。會是誰呢？

『這裡是關根家——』

（啊，媽媽，我已經回到家了。）

是奈津子。

幸江忍不住長長地吁了一口氣。

（怎麼了？）

『我嚇了一跳。因為我正想打電話給妳。』

（有什麼事嗎？）

『啊，沒有，沒有什麼大不了的事。』

（那就是有事了。）

想說的話已經來到喉嚨了。幸江說：『是從前的事呀！』奈津子也笑著說：『是什麼祕密的事吧？』當年讓自己與奈津子痛苦萬分的根源——菊田好美，如今過著不幸的生活的事，幸江確實想說出來讓奈津子也知道。

幸江小聲地說：

『妳記得那個姓菊田的女生吧？』

奈津子一點反應也沒有。幸江連忙改口說：

『對不起，我說錯了。不是菊田，是時澤。和妳同學校的時澤好美。』

電話的那一端持續沉默著。

『妳忘了嗎？就是高中時期的那個——』

（媽媽！）

奈津子突然以強硬的口氣，打斷幸江的話。

（破壞自己女兒的幸福那麼好玩嗎？）

這話讓幸江嚇了一大跳，她還以為自己聽錯了。

（妳不要管！妳如果多管閒事的話，我會死的！）

幸江握緊了聽筒，呆住了。

不是從前的事。

奈津子的聲音和高中時一樣，是悲痛的哭叫聲。

6

初夏——擺在玄關的花變成了荷蘭海芋。

第二次調解日的早上，幸江的生活步調嚴重地亂了。早上忘記去丟垃圾、不知不覺地煮了日式的早餐、沒有趕上平常搭的那一班巴士，進入調解室時已經九點五十五分，再過五分鐘就是十點了。

一個月不見的菊田好美顯得很鎮定。

最好不要再和這個女人有關連了。幸江覺得早上的紊亂步調，其實是一種預兆的顯現。那預兆好像是在通知幸江，即將有不好的事情要發生了。

事到如今已經無法迴避了，是幸江自己要踏進這次的調解事件的。那一天沒有把這個案子轉交給別的委員，所以才——

『上次的調解之後，有什麼變化嗎？』

幸江問。好美深深地點了頭。

『那個人打電話來，說如果條件可以的話，他可以答應離婚。』

『是嗎？』

她們互看著對方。因為上一次的調解時說過的話，所以她們好像都能從對方的瞳孔裡，看到一層芥蒂。

好美的身體往前傾，然後說：

『上一次我好像說過不會太在意錢之類的話，但我現在要收回這句話。』

好像可以離婚了。好美判斷情勢可能對自己有利，便改口想要得到自己想得到的東西。或許是她背後的男人教唆她的吧。

『還有，聽說在調解的時期裡，也可以協議離婚。是那樣的嗎？』

『是可以那樣。』

『那就請幫我協議離婚吧。我不想在戶口名簿上留著調解離婚這樣的字眼。』

『這樣做，不會太過分嗎？』綿貫帶著威脅的口氣說：『妳只想到自己要離婚，有考慮過三個女兒的事嗎？』

經過醫院再度檢查之後，結果是『一切正常』。綿貫剛才在書記官室裡，心情愉快地如此宣佈自己沒有生病。

幸江看著綿貫的臉，以眼神告訴綿貫：我來處理。然後，再轉頭對著好美。

『我知道了，就照這樣的順序處理吧！』

『我不喜歡拖拖拉拉的。』

幸江有些不明白地歪著頭看好美。既然已經朝著離婚的方向在進行了，應該用不著那麼焦急呀。

『上次我們不是說過了嗎？因為妳先生並沒有犯下什麼重大的錯誤，這對提出調解申請的妳而言，並不是很有利的事情。』

『我知道，所以我已經掌握到證據了。』

『什麼？……』

好美好像要窺視到幸江的瞳孔裡一樣，說：

『上次您不是要我拿他有婚外情的證據出來嗎？我現在已經有證據了。』

『我有那麼說嗎？』

『妳說了，所以我就去調查，最近果然讓我查清楚了。他現在正和一個女人在交往。』

『現在……？』

幸江覺得有點訝異，莫非好美僱用了私家偵探？

『好吧，那妳就把妳掌握到的事情說來聽聽看。』

好美垂下眼瞼，開口說：

『對方今年二十九歲，從前也曾經和那個人交往過。最近他們再見面了，而且好像古情復燃了。』

『是「舊情」吧？』

『啊，對，是舊情復燃。』

『那麼，證據呢？』
『……』
『不是說有證據嗎？』
好美的臉上浮現令人害怕的笑容。
『當然有。』
『拿出來看看。』
『證據就在我的眼前。』
幸江看著好美的手，但是好美的手上什麼東西也沒有。
『這是什麼意思？』
幸江的聲音嚴厲起來，但是好美毫不示弱地盯著幸江，說：
『是您有證據。』
『喂！』
綿貫出聲想要譴責好美，但是被幸江伸手阻止了。幸江的手微微在發抖。
幸江了解到那個預兆到底是什麼了。
沉默了一段相當長的時間後，幸江帶著覺悟的心情，說：
『請妳把話說清楚。』
好美輕啟嘴唇：

『就像我之前說過的，我和那個人從國中的時候就認識了，到了高中的時候也還繼續交往著，感情愈來愈深後，行為也變得親密起來，我們會接吻……也會有愛撫的行為。那個人一直想和我發生性關係，但是我的家教很嚴，堅持不和他有性行為。就在那個時候，那個女人出現了。她是棒球隊的經理，她不僅主動接近那個人，並且還答應那個人，和那個人發生了性關係。』

『妳說謊！』

幸江站起來，好美的眼睛也往上抬。

和那一天一樣的眼神。

像在挑釁一樣的眼睛——

『我沒有說謊，那個女人想橫刀奪愛。那不是惡劣的行為嗎？為了吸引那個人，而做了那樣的事情。』

『住口！』

『但是，壞事是不能做的。結果那個女人懷孕了。那個人哭著拜託我把帶來的錢都拿出來，一定是為了讓那個女人去哪裡墮胎。後來那個女人就不來上學了。我覺得很痛快。』

幸江的巴掌飛了過去，但是好美把臉轉開了。幸江的手只是從好美的耳朵旁掠過。

好美站起來，飛快地退到門旁邊，說：

『撤銷調解，讓那個人也同意協議離婚。』

7

午後的咖啡店被慵懶的空氣包圍著。

已經有幾年沒有進過咖啡店了呢？幸江茫然地看著窗外來來往往的人。

那一天之後，已經兩個月了——

幸江的調解同伴——綿貫什麼也沒有多說。家事法庭是沉默的辦事處。在那個狹小的調解室裡所發生的事情，完全被封鎖在那間調解室裡。

菊田好美說的話裡，只有一件事不真實。那就是舊情復燃這件事。好美把從前的事情，拿到『現在』做籌碼，讓幸江和奈津子不得不接受她的要求。

奈津子終於把那件事情說出來了，於是女兒——奈津子的祕密，就變成母女——幸江和奈津子兩個人共有的祕密了。為了不讓當牙科醫生的丈夫發現，她們兩個人必須嚴守這個祕密。

竟然沒有發現女兒懷孕。

甚至不知道她去墮胎。

幸江想：當時為了丈夫房夫的事情，就已經讓她身心俱疲了，根本沒有力量去注意女兒們的事情。所幸，她們也長大成人了。

幸江的視線移到店門口。

菊田好美正好在這個時候進來。

好美坐在幸江對面的椅子上。很像在調解室時的情形。
『不好意思，讓妳跑這一趟。』
『沒什麼。』
兩個人一來一往地說著，但是聲音都很冷淡。
好美的眼睛看著窗外，說：
『十分鐘可以嗎？我媽媽和我的女兒都在對面的書店裡等我。』
『三分鐘就夠了。』
幸江一邊說著，一邊從皮包裡拿出一個褐色的信封袋。
『我說過了，不用給我那個。』
『不可以，這是應該還給妳的。』
幸江把信封袋放在桌子上。信封裡面放了三萬日圓。
只有奈津子的儲蓄加上菊田寬治的錢，還不夠墮胎時所需要的費用，所以好美也出了一點錢。一定是為了搶回菊田寬治，所以才願意出錢的。
『菊田——』
『啊，我已經恢復舊姓了，所以請叫我時澤。』
『已經？』
『對，離婚的事情進行得很順利。』

從菊田恢復到時澤的舊姓——

幸江突然想到一件事。應該是因為這件事，所以那天早上才會有一直覺得好像要發生不好的事情的預感。第一次調解的那一天，幸江回到家，和奈津子講電話時，她曾經誤用『菊田』來稱呼『時澤』，奈津子剛聽到『菊田』這個姓時，就已經沉悶不語了。當時奈津子想到的不是好美，而是菊田寬治。棒球隊的王牌投手和球隊經理……幸江可以從這個關係，聯想到奈津子與菊田之間可以發生的情節，所以她有一個月左右的時間，情緒一直無法平靜下來。

但是……

還有一件事是幸江怎麼也想不明白的事。

『時澤小姐——』

好美喝了一口咖啡後，把杯子放在桌上。

幸江很平靜地說著：

『我們不要再見面了。我不想再見到妳。』

『我也一樣。』

『最後我想問妳一件事——妳怎麼知道我是她的母親呢？』

『啊！』好美輕呼了一聲，然後笑著說：『我只有一次和她面對面談判，當我問她是不是和菊田之間有性關係時，她說了一句話——這麼一點小事。』

幸江無話可說了。

『一般的女高中生不會說那樣的話的，所以我對那句話的印象十分深刻。您在調解室時，也對我說了那句話。我在驚訝的同時，也意識到您就是她的母親。以前我也曾經見過您和她在一起。』

她們各自付了咖啡錢後，走出咖啡店。

分手的時候她們沒有道別，也互不看對方，然後朝著不同的方向走去。

幸江在花店前停下腳步。

店裡的花吸引了她的注意力。這個季節的花美得讓人感動，花瓣的色彩繽紛動人。明明已經沒有掉眼淚的理由，但是幸江的臉上仍然流下一行、兩行的淚水。

因為有人從身旁走過，幸江才從茫然中回神。時澤絲子……好美……三個女兒……

感覺不到空氣的流動了。

人生有什麼好計較的？什麼是輸？什麼是贏？最後是什麼也不重要了。

幸江悄悄地擦掉眼淚。

在人生的路上，不應該有所謂的贏家，不是嗎？

幸江的視線回到花的上面。

像透明一樣的白花。

她突然很想插石竹花。

把一枝姿態美好的石竹插放在高高的玻璃瓶，一定可以活得很好。

凌晨五點的入侵者

1

黑暗中——

沉睡中的妻子發出均勻的呼吸聲。

現在是凌晨三點，立原義之從睡眠中醒來，坐在被褥中。他的妻子雖然不相信，但是他真的一到這個時間，就會自動醒來，這是從前當送報生時所養成的習慣。已經四十多歲了，他身體裡的這個時鐘，仍然繼續在運作。

立原慢慢地躺回被窩裡。

從小學四年級到上高中以前，他每天都要跑步去送報，無論是下雨的日子還是下雪的日子，甚至是暴風雨的日子，也沒有休息。

當時真的很努力呀！……立原一邊享受著『回籠覺』的幸福感，一邊不忘誇獎自己的習慣，則是當上警官以後才開始的。他自己覺得這個習慣不僅能產生正面的思考，也帶來類似印象訓練般的效果，讓他不覺得警察工作的辛苦。因此不管是被派到派出所，還是分發到警察局，他都非常認真地工作，所以很快就被提拔到本部的管理部門工作，是同期進入警察單位工作的人員中的第三個。就是這樣一邊打盹，一邊誇獎自己：你很認真、很了不起，一定可以做得更好……

五點起床這個新習慣，是半年前『M縣警察網站』建立起來以後的事。這個網站是警務部長爭取預算成立的，然後由情報管理課負責管理，立原於是成為這個網站的負責人。因為考慮到如果把網站交給網路公司處理的話，恐怕會洩漏警察的機密，所以立原便在完全不懂電腦的情況下，一點一滴地累積電腦的知識，慢慢摸索，終於可以掌握網站裡的東西了。

立原在不吵醒妻子的情況下，悄悄地鑽出被窩。他打開水龍頭，讓水細細地流出，洗了臉後，便躡足來到起居室，坐在桌子前的椅子上。在使用筆記型電腦以前，他又用睡衣的腰際，把剛才已經擦乾淨的手，再擦了一次。照理說，電腦已經是他工作上必備的物品，應該就像自己的手腳一樣，不會有什麼特殊的感覺了。但是每天早上的這個時候使用電腦時，他總覺得自己使用這台價值二十萬日圓的電腦，實在是太奢侈了。妻子曾經因此嘲笑過他，不過即使是現在，每當買東西要掏出一萬日圓的鈔票時，他的內心就會有罪惡感。換算一下現在的薪水，時薪至少是好幾百日圓吧？但是他對錢的感覺仍然停留在送報的時代。這種感覺即使到了五十歲或過了六十歲，應該也不會改變吧。

——好了……

立原搓搓手，確定手上確實已經沒有水氣了，才打開電腦。

首先是檢查郵件。他按了郵件的標誌後，進入信箱的系統。信箱裡有十三件未讀信件，其中五件是業務上的聯絡事項。一一看過後，那五封郵件中並沒有特別需要急著處理的事情，其中他的直屬部下谷澤係長傳給他的信件，更是一點感情也沒有，非常公事化的信件。

今天的訪客數九十二個人。

縣警的網站每天晚上從零時開始計算一天有多少個來觀看這個網站的人。谷澤的工作之一就是在就寢前，將來訪的人數利用電子郵件通報立原。因為這個緣故，谷澤不知是感謝還是抱怨，三不五時就會對立原說：託您的福，我晚上不會在外面喝酒了。

——九十二個訪客嗎？……

立原隻臂交抱在胸前。

一般市民觀看這個網站的人大量減少了。這個網站剛剛開始的時候，一天可以湧入四百多個訪客，但是這兩個月，訪客的人數大幅減少；造成這種情況的原因，應該是很少人會再度光臨的關係。很多人是基於好玩或好奇來的，因此來過一次之後，就不會再來『玩』了。這個現象表示：警察想傳達給市民的事情，和市民想知道的事情，是有相當大的落差的。

——看看訪客的意見吧！

立原開始開啟其他八封郵件，那是一般市民投遞的信件。主頁的最後設有『信箱』，這是公開的園地，任何人都可以利用這個信箱投書給警察。縣警察方面也可以利用這個信箱，了解到一般民眾的反應與想法。但是，立原在看一般民眾的來信時，心情總是有些緊張。因為這些信件的內容不一定是對這個網站的感想，更多的是對警察的抱怨與批評，例如：責備警察的無能與惡行等等。一看到這類的信件，立原就必須立刻與被批判的單位或人物聯繫。這也是立原為何需要在凌晨五點的時候起床檢閱郵件的原因。

防範問答。這個單元很好，很容易明白。

無聊。比法院的網站更加乏味。

請更加詳細描述鑑識報告，並拜託科學調查研究所強化鑑識內容。

內容太過生澀，一點趣味也沒有。報導一些警察們的生活面，或許可以讓這個網站活潑些。

防範小偷闖空門、撬鎖的策略非常實用。但是，想不到我們縣內竟然有這麼多人被小偷闖空門，實在令人驚訝。

看到這裡，立原不禁鬆了一口氣。

關於網站的內容，雖然有很多訪客認為『太生硬』、『無聊』，但是看到有人認為『很容易明白』和『非常實用』時，立原就會覺得很安慰。

關上電腦後，立原走到廚房煮開水。一邊享受咖啡的滋味，一邊閱讀還帶著油墨香的報紙的時間，可以說是他最幸福的時刻了。

但是，水壺的水蒸氣已經往上冒了，卻還聽不到外面摩托車的聲音。已經五點二十分了，這是報紙送達的時間。

啊！他突然想到什麼，轉眼看了一下月曆。十月十五日，是不出報的日子。不，正確的說法應該說是十月十四日是報社的休息日，沒有印報，所以十五日不出報。

立原無奈地『嘖』了一聲。

對喜歡每天早上閱讀報紙的人來說，報社不出報的日子，是令人沮喪的一天，生活的步調好像因此失序，整天都覺得心裡不踏實，做什麼事情都不真確。

立原還在當送報生時，一年只有元旦、兒童節和秋分這三天報社不出報，現在卻每個月都有一天不出報。被剝奪了早晨的樂趣、渴望休息卻難以如願的痛苦回憶一起湧上心頭，這讓他想起被要求拿著剛領到的打工薪水去買酒，和被打得腫脹的臉頰的疼痛。但是，立原很快地打消這種負面的思考。

——幸好那已經是從前的事了。

立原手拿著咖啡杯，回到起居室。

他很滿意現在的生活。除了有足夠生活的金錢外，還可以住在鋼筋水泥建造，有３ＤＫ的警官宿舍裡。生活中有坦率可愛的妻子，和兩個自大驕傲的女兒相伴；做的是合意的工作，並且擁有比預期中還要理想的職位。此外，不用擔心停水或斷電或沒有瓦斯外，還有電視、冷氣、電話和車子，及悠閒地喝一杯咖啡的時間。以前沒有的，現在都有了。父親也死了，再也不會再出現在立原的面前了。

立原重新打開電腦。

為了提升網站給人的印象，立原也考慮過借用報紙的點子，但是費了許多工夫，也數次更動了版面，至今仍然沒有接到訪客『覺得有趣』的郵件。安井課長認為網站的樣子保持目前的模樣就好——因為一切平順最重要。可是這事關係到警察的顏面，所以立原認為還是應該多想些點子，讓網站的內容變得生動有趣比較好。

立原移動滑鼠，準備叫出縣警察的網站。主頁的畫面還沒有出現，他的腦子裡已經先浮現出以藍空為背景的縣警察本部大樓的照片。這張照片正是網站的第一頁。或許就是因為這張照片，讓人覺得M縣警察的網站，過於古板與生硬。

可是，熟悉的本部大樓的照片，並沒有出現在電腦的螢幕上。

立原眨了眨眼睛。

畫面仍然是黑色的，黑色的背景上並列著幾個紅色的字。是四行羅馬字母的橫行文字，但是一眼就可以看出那不是英文。

是法文嗎？……

不管是什麼文，總之是無法進入網站的意思吧！立原苦笑地確認畫面上方的網址，但是他臉上的笑容很快就消失了，因為網址沒有錯呀！他的手指頭微微發抖地再按了一次進入鍵。

畫面瞬間消失，然後很快地重現。

一樣的。仍然是黑色的畫面和紅色的橫行文字。

網路破壞者——

浮現在腦子裡的這個字眼，讓立原忍不住全身發抖。

『怎麼會……』

他拚命地敲著鍵盤，重新輸入正確的網址，祈禱著能夠叫出網頁。

可是結果仍然一樣——讓人聯想到一片黑暗的畫面，和像血一樣顏色的橫行文字。

看來非承認這個事實不可了。

網站被在網路漫遊的惡霸入侵，網頁因此被改寫了——

立原發出低沉的吼聲。當年父親沒有酒可以喝時，就會像他現在這樣，像野獸般地露出牙齒，並且發出低沉的吼聲。

2

十分鐘後，立原開車前往縣警察局本部。他的腦子因為受不了同時思考五、六件事情，而發出劈哩啪啦般的抗議聲。

『首先——』

立原像要嚇阻心中的不安般地自言自語。

首先要先思考的是犯人是誰？目的何在？螢幕上的橫行文字是何種語言？是什麼樣的內容？

不對！現階段根本不可能知道這些問題的答案，所以多想無益。現在最應該做的事情是——

聯絡上司嗎？必須讓柳瀨警務部長和安井課長知道，同時也要讓同部屬谷澤了解狀況。

不，不對，通知他們的事情還是稍後再處理。

因為首先要處理的事情應該是如何處理掉那個畫面。如果被一般民眾看到M縣警察網站的畫面變成那樣，大概會變成討論話題吧。之前某一中央部會的網站就曾經發生過這樣的例子，被媒體大肆報導後，該單位的顏面變得很難看。萬一這次的事情也發展成那樣，那麼M縣警察的面子，就完全掃地了。到時候自己恐怕必須面對被追究責任的問題——

立原不禁全身冒冷汗了。

他的雙手握緊方向盤，強力地告訴自己：要消除它！要盡快消除那個畫面——那個像惡魔一樣的畫面。

必須立刻關掉伺服器的電源。心裡有了這個結論之後，立原馬上加快車速。前面的人行道上有一個公共電話亭，但是此時偏偏運氣不好，遇到了紅燈。在等待綠燈時，立原如坐針氈，心裡急得不得了，所以燈號一變綠，他便迫不及待地飛車衝了出去。可是，那個電話亭竟然被拆撤，連個影子也沒有了。他只好一邊開車繼續前進，尋找別個電話亭，一邊咬牙詛咒自己的固執。如果有手機的話，就可以隨時打電話了——

終於找到一個破舊的公共電話亭了。立原像要撞破門似的衝進電話亭裡，很快地打開他的記事簿，第一個電話要打到柳瀨部長的官舍。這件事不能等到事後才報告，因為關掉伺服器的電源，是必須經過長官許可才行的。

柳瀨好像已經起床了。

（怎麼了？）

『有人入侵我們的網站，在那裡惡作劇。』

惡作劇。立原不經意地用這個字眼來沖淡事情的嚴重性。

（惡作劇？……這是什麼意思？）

『詳細的情形稍後仔細向您報告。總之，請您先同意讓我關掉伺服器。』

（伺服器？……）

柳瀨的口氣讓立原有些不滿。要開設網站是柳瀨的主意，但是他對電腦卻一點也不了解。

『就是放置縣警察網站的電腦。這個伺服器管理這個網站的所有功能，包括一般民眾的登入。』

立原非常籠統地把大概的情形說給外行的柳瀨聽，於是柳瀨便在一知半解的情況下，同意立原關掉伺服器這件事。掛斷和柳瀨的電話後，立原很快地再度翻動記事簿，尋找仲川幹夫家裡的電話，然後打電話給仲川。仲川是M縣縣政府總務部情報系統課的技術人員，要成立縣警察的網站時，仲川也幫了很多忙，他是一個老練的電腦技術人員。

（喂，這裡是仲川家。）

還是愛睏的聲音。

『這麼早就把你給吵醒，對不起。是這樣的，我們的HP被入侵了。』

（什麼？……）

『情況非常糟糕，網站的畫面全被換掉了。』

立原愈說愈急，聽著他說話的仲川好像已經從愛睏聲中醒來：

（冷靜點。你是說網站被網路破壞者入侵了嗎？）

『是的，所以我想盡快關掉網路的伺服器。』

（明白了。我現在馬上就出門，等一下我們在調整室會合。）

這是最快的解決之道了。縣警察的伺服器借放在縣政府的調整室裡。

『那就拜託了。啊，仲川兄——』

（什麼事？）

『我們的ＨＰ能不能暫時掛在縣政府的伺服器上？』

立原進一步地要求。

關掉縣警察的伺服器的話，就不必擔心一般民眾會看到那個畫面了，但是想要去參觀縣警察網站的人，卻突然找不到網站的入口，還會在螢幕上看到『無法開啟』的字眼，一定會覺得奇怪吧！警察的公開網站竟然無法被開啟，難免招來諸多猜測，結果還是會引起媒體的注意和報導，惹得眾人皆知。

如果能把警察的網站暫時掛在縣政府的伺服器上，那麼一般民眾就能像平常一樣地登入警察的網站查看內容，警察網站被網路破壞者入侵的事情，也就不會被披露出來。一切就像什麼事也沒有發生，任何人都能登入警察的網站。

立原把自己的想法說出來，請求仲川幫忙。

『可以嗎？那並不是很困難的作業吧？』

（嗯……只要改寫DN就可以了，但是……）

仲川模稜兩可地說著。

因為還沒有看到破壞者的手法，所以現在還不能肯定可以怎麼做。萬一那是電腦病毒所引起的，把縣警察的網站掛在縣政府的伺服器上的話，縣政府的伺服器就有被病毒入侵的危險性。

（這件事等我們見面了之後再說。不過，縣警察的網站既然已經被入侵了，放在伺服器裡的資料就不可以再使用了。你有最新版的備份數據嗎？）

『有。每天都有做備份。』

（那麼，把備份數據也一起帶來。）

『知道了。真是感激不盡。』

得到仲川的承諾幫忙後，立原馬上道謝，然後衝出電話亭。

上午五點五十七分。

——到底是誰幹的好事！

立原一邊像呻吟一樣地低聲咒罵，一邊發動車子，踩了油門。

3

到了縣警察本部大樓，快速地拿了網站的備份後，立原走到位於縣警察本部大樓旁邊的縣政府大樓，然後搭乘電梯到六樓。一下電梯，他立刻往情報系統課的調整室跑，並且用力地推開裡面的小房間的門。

房間裡有五台並列在一起的塔型電腦，最右邊的那一台就是縣警察的伺服器。

仲川已經來了，他坐在縣政府的伺服器前，一定是在檢查縣政府的伺服器是否也被入侵了。

仲川轉動睡得一頭亂髮的頭，對立原說：

『要關掉縣警察的伺服器了。』

『萬事拜託了。』

仲川點點頭，把手伸到縣警察的伺服器的背後，拔掉網路的ＬＡＮ線，電源也同時被關掉了。如此一來，形同網路孤立了縣警察的伺服器，變成任何人都無法進入縣警察網站的狀態。立原看了一下時間：六點十二分。那個該死的畫面死亡的時刻。

但是時間緊迫，不能因此就鬆懈下來。伺服器被網路孤立意味著：從這一刻起，縣警察的網站處於封閉的狀態。

『仲川兄，剛才拜託你的事情可以辦到嗎？把縣警察的網站掛在縣政府的伺服器上……』

『嗯，我馬上就來試試看。』

仲川很爽快地同意了。

難道他在立原到達調整室以前，就已經弄清楚沒有被病毒感染的危險性了嗎？不，是因為縣政府有四個伺服器，和上司商量過後，決定把縣警察的網站掛在最不重要的那一台上。縣政府和縣警察同屬一個縣長管轄，本來就是像兄弟般的組織，縣警察向縣政府要求幫助的時候，縣政府當然沒有理由拒絕。

『拜託了。』

立原把備份交給仲川後，又深深地鞠了個躬。為了爭取時間，把這種事交給熟悉電腦的仲川操作，當然是最理想不過的事了。

仲川坐在縣政府的一台伺服器前面。

『首先要製作縣警察用的檔案夾，把拷貝好的備份放在這裡，再改寫網域名稱伺服器的資料，將縣警察的網址分配到這裡的伺服器裡——』

仲川快速地操作著。

『好了，這樣就ＯＫ了。應該馬上就可以看到網站了。』

六點二十五分。經過十三分鐘的空白後，縣警察網站又回到網路的世界。

第一階段的處理完畢了，接下來是——

接下來的急務是：要了解網路破壞者入侵的時間，和已經有多少個市民看過那個畫面了。

立原說出了接下來必須馬上處理的事情後，仲川便移坐到縣警察的伺服器前面的座位上，他敲動鍵盤，叫出資料欄。

畫面上出現許多排列在一起的日期和時間的數字。

『立原兄，最後一次更新網頁的時間是什麼時候？』

『昨天下午六點時更換了交通事故的件數後，就沒有再去更新網站的內容了。』

『那麼……』仲川指著一個數字，說：『大概就是這個時候了。今天早上五點整的時候，有更動內容的紀錄。』

凌晨五點整──

立原的腦子裡立刻浮現今天早上自己在家裡時的情景。

這麼說來，網路破壞者入侵的時間，是自己打開電腦前不久的事。這個發現讓立原覺得好像看到了一抹光亮。網站被入侵的時間是凌晨五點，一個小時又十二分鐘後，拔掉了網路的LAN線──

立原馬上問道：

『仲川兄，可以知道更新之後有幾人登入過縣警察的網站？』

『唔──你等一下，我看看。除了立原兄你自己以外，還有……二……三……四個人。』

──四個人嗎？

立原不禁把握緊了的拳頭放在胸前。

這應該說是不幸中的大幸吧？很諷刺的，幸運的原因竟是M縣警察網站不是一個受歡迎的網站，而且破壞者入侵的時間，又正好是平常『訪客』最少的時段。還有，幸好自己發現得早，可以及早安排對策。

只有四個人的話，這個事件被擴散開來的可能性相對就低了。不過，更應該把四這個數字視為可能犯罪的人數——

於是立原馬上問：

『可以知道他們四個人是從哪裡登入的嗎？』

『嗯。有三個人是從M網的桐原那裡的登入口登入的……』

『M網』是在放置據點的互聯網服務商。

『還有一個人是從大互聯服務商「平方網」的登入口進來的。』

『聯絡互聯服務商的話，可以追蹤到登入的人嗎？』

『可以吧！因為經過的時間並不長，所以應該還追蹤得到吧！』

仲川一邊說，一邊以帶著深意的眼神看了立原一眼，好像在確認立原的真正心意。

『我在「M網」和「平方網」裡都有老朋友，如果真的要追蹤的話，我可以問問他們的內部。』

仲川的態度看似柔軟，但是眼鏡後面的眼神卻相當銳利。他很清楚縣政府這個組織擁有相當大的權限，對某些企業和人們而言，這個組織的權限遠大於警察。

『太感謝了。』

立原一邊低頭表達感謝，一邊提出下一個問題：

『仲川兄，能夠掌握到犯人侵入的手法和登入途徑嗎？』

『這個就有點……』仲川輕聲笑了，說：『只能請對策廠商的駭客去調查了吧！』

仲川的回答和立原想的一樣，所以立原只能點頭繼續思考別的對策。

現階段應該做的事情是——

立原把視線投向縣警察的伺服器，因為仲川正在看那個黑色的畫面。

『立原兄，這個是法文吧？我完全看不懂。』

對了，就是這個。

接下來應該做的事情，就是趕快把那些紅色的橫行文字翻譯出來。如果能夠了解那些文字，或許就可以猜測出犯人的企圖，並且藉此掌握到可以逮到犯人的線索。

立原重新仔細地看著紅色的橫行文字。

J'ai aimé la vérité.... Où est-elle?....
Partout hypocrisie ou du moins
charlatanisme, même chez les plus
vertueux, même chez les plux grands;

立原認為這一定是有涵義的一段文字。這段文字想傳達的是什麼呢？這是有政治性內容的文字嗎？還是對M縣警察的攻擊文字呢？

誹謗、中傷……挑釁……威脅……

新的恐懼感爬上立原的背脊。

這些文字的涵義到底是什麼？

黑色螢幕上的紅色橫行文字，讓立原聯想到充滿惡意與怨恨的無底黑色漩渦。立原忍不住吞了一口苦澀難嚥的口水。

4

上午六點四十五分。縣警本部大樓的三樓，警務部情報管理課——

立原手裡握著電話，坐在放著『助理課長』的牌子的桌子前。他剛向柳瀨部長與安井課長報告完畢。

柳瀨部長在電話中像火山爆發一樣大發雷霆。這只是惡作劇嗎？接到立原從公共電話亭打給他的電話後，他立即打開自己的電腦，看了網站的情形。

立原向安井報告已經做了妥善的處理了，但是安井一再重複問了好幾個問題。從安井的聲音裡，可以聽出他很擔心，想必他現在一定趕往這裡來了。

立原也給谷澤係長打了電話，告訴他網站被網路破壞者入侵的事，並且要他立刻到縣政府的仲川那裡。

背後傳來電腦桌那邊的印表機的打印聲。印表機正在列印剛才從縣警察的伺服器拷貝下來的原始文件——那個黑色的畫面。

看了列印出來的黑色紙上的紅色文字後，立原再度拿起電話聽筒。

這次的電話對象是刑事企劃課的同期同事，赤松雅樹。

赤松雅樹好像是在被窩裡接電話的。

（立原？……哇，好難得！怎麼了？這麼早打電話來。）

『想請教你一件事。刑事部委託的翻譯人員中，有懂法文的人嗎？』

從縣政府本部回來縣警察大樓的途中，他就一直在想這件事。他最先想到的人選是大學教授或法國餐廳的主廚，但是考慮到那些文字很可能是對縣警察的惡意攻擊，萬一委託外面的人翻譯，把翻譯出來的內容洩漏出去，那就不好了，所以還是找警察內部的自己人來翻譯比較好。可是，如果是英文的話，要在警察內部裡找翻譯人選，並不會太困難，偏偏那段文字是法文。他想不出警察內部裡有誰懂法文。想來想去終於讓他想起前一陣子在報紙上看到的一條新聞——縣警察正在徵求精通各國語言的翻譯人才。警察所委託的翻譯人員，通常都很明白保密的重要性。陪同外國犯人進行警方詢問的翻譯人員，必須發誓不能把詢問的內容洩漏出去。

（我不負責這部分。不過，我可以去問問看。）赤松說完這句話，就掛斷電話，讓立原十分著急。所幸不到十分鐘，赤松就打電話來了。

（找到了。因為我們這裡不是都會地區，所以不太容易找到精通法文或義大利文的人。不過，上次登報徵求人才時，最後來了一個應徵法文項目的人。這個人很優秀，T大學法語系畢業後，馬上又進入別的大學讀生物，今年春天之前一直在日本種苗公司工作，經常往來於世界各國……）

『赤松——』立原打斷他的話：『請告訴我這個人的姓名和聯絡方式。』

（他有寄履歷來，要我馬上傳送給你嗎？）

既然要請他來翻譯極為機密的文件，能夠明白他的來路的話，當然更好。

『那就拜託了。』

（傳到你家裡嗎？）

『不，傳到辦公室。』

（辦公室？你這麼早就到辦公室了？）

『赤松，拜託，這件事很急。』

（啊，知道了。但是，到底是什麼事要找懂法文的人？）

『是……因為有法文的東西需要翻譯。』

（嘿，情報管理課果然不太一樣。）

赤松帶著諷刺的語氣說著，然後掛斷了電話。

立原看了一眼牆上的時鐘，已經七點了。辦公室的門一直開著，好像在等待臉色異於平常的柳瀨部長和安井隨時衝進來似的。

傳真機在運作中，感覺上速度好像比平常還要慢。從傳真機的出口傳送出來的紙上寫著『M縣警察法語翻譯（八月二十九日約聘）』，接下來就是這個人的名字和履歷。衛藤久志，三十四歲，T大學文學院法文系，U大學工學院生物工程學系畢業，曾任『日本種苗公司』職員，經常往來歐美出差，現任英語補習班講師──

在這個地方性的小城市裡，很難靠教法文維生吧！傳真紙上也有這個人市內的住址和聯絡的電話號碼，看到電話號碼後，立原馬上走到桌邊，拿起電話。

那邊的電話大約響了五聲之後，聽筒才被拿起來。

（喂，我是衛藤。）

是個聲線相當細的男人。

『一大早就打電話打擾，很對不起。我是縣警察本部的立原。』

確認過接電話的人就是衛藤久志本人後，立原立刻把對話拉進主題。

『我想請你翻譯一段極機密的法文。』

（翻譯……）

『是的。不過，老實說我也不能肯定這一定是法文。總之，只有四行文字而已，我就先傳過去給你看。你有傳真機嗎？』

（有。可是……和這個電話是相同的號碼。）

『我立刻就傳過去。請你看完之後立即和我聯絡。我這邊的電話號碼是──』

立原無視對方有些為難的語氣，很快地掛斷電話，把剛才從印表機裡列印下來的紙放進傳真機裡。

沒多久，桌上的電話響了。

（那個……讀不出來上面寫的是什麼。）

『讀不出來？那不是法文嗎？』

（啊，不是這個意思，因為字很模糊……看不清楚上面到底是什麼字。）

是自己太粗心了。立原想。只能傳出黑白兩色的傳真機，怎麼可以清楚地印出黑色底的紅色文字呢？難怪對方無法解讀了。

『那麼我直接──』

因為突然聽到腳步聲，立原便回頭看辦公室的門那邊。滿臉通紅的柳瀨部長和臉色蒼白的安井，一起走進辦公室。立原本想在上司來之前，搞定那段法文的意思，看來是辦不到了。

立原向他們兩個人行了注視禮後，不容對方辯駁似的，對著聽筒丟下一句話：

『等一下就去府上拜訪。』

（那個……明天不行嗎？）

『這件事很急。』

立原把焦慮的心情發洩在從來沒有見過面的男子身上。

（……知道了。那就等你過來。）

約好中午以前到達後，立原連忙掛斷電話，做了一個深呼吸後，才走向部長室。

5

『坐下！』

一進入部長室，立刻就聽到柳瀨憤怒的聲音。

第一次看到滿臉怒氣的柳瀨。不記得是什麼時候的事了，那時妻子曾經問他：部長是怎麼樣的人？他記得自己回答：部長是一個溫厚的人。以前立原所見的柳瀨確實是那樣。每次在聽講有關電腦的事情時，柳瀨總是像小孩子一樣地老實，最後一定會說：『那就萬事拜託了。』然後微笑地送立原出部長室。可是，現在的柳瀨卻像全身長了刺的男人。或許這才是這個男人的本性。安井課長一定早就知道柳瀨的這個本性了吧！他好像不想被柳瀨看到一樣，坐在立原可以擋住他的沙發上，動也不動一下。

柳瀨呼吸急促地說：

『已經掌握到破壞網站的人了嗎？』

『這個——要查出誰是網路破壞者，是非常困難的事情。』

『你說……非常困難？』

柳瀨的眼睛好像要掉出來一樣，瞪著立原。立原連忙解釋：

『是這樣的，我現在正要和廠商的駭客對策團隊聯絡，也會和警察單位的技術對策課協調，儘可能追蹤、調查出破壞者的所在地點。可是，因為網路是世界性的，破壞者們互相交換破壞手法的網站也有許多，因此很難──』

『等一下，這不是駭客做的嗎？你剛才說的破壞者又是什麼？』

立原有點不知道該怎麼說。

『我想我以前已經向您報告過幾次了……會偷看資料的是駭客，但破壞者會竄改資料，製造出更大的問題。』

『太容易混淆了。算了，不管他是駭客還是網路破壞者，問題是我們的網站為什麼會被竄改？我們沒有安全系統嗎？』

這回立原真的難以回答了。

『怎麼了？回答呀！』

『是……我們當然也有設ＩＤ和密碼等安全系統的管理。但是不管開發出多新的安全系統，破壞者就是有本事找到漏洞，侵入別人的網站進行破壞，這是目前網路世界現狀，這個問題也是世界性的問題。因為網站設計上的基本概念，就是要讓所有的人都能夠輕易登入。和機密情報的管理比起來，網路上的安全系統管理，可以說是非常淺薄的。』

『非常淺薄？……混蛋！為什麼不早說？』

早就說過了。立原的心裡這麼說著。早在網站要成立以前，自己就數次口頭報告過柳瀨部長這種情形，也以書面說明這種情形的危險性，還寫了好幾張紙。

柳瀨部長想設立網站的原因，並不是基於興趣，而是不想被別縣的警察單位比下去。他是為了自己的考績，才急著成立網站的。

『真是的！太沒有面子了！』

柳瀨舉起自己的拳頭，敲打他自己的膝蓋，愈來愈生氣了。

『太愚蠢了！警察的網站竟然讓駭客入侵？這種事如果被媒體披露了，一定會被笑死的！喂，你說要怎麼辦？』

『……』

『立原！你到底有沒有在聽？這件事如果傳出去，你可是嚴重的失職喔！』

失職——

這個具體的字眼，像箭一樣穿透立原的胸口。

他的視線因此扭曲了。

父親的身影從腦海裡掠過。滿是酒臭味的身體、怒吼、打人、亂踹、在兒子的身上找錢……父親的身影像餓鬼一樣。

想搶走根本不存在的東西的父親。

想搶走確實存在的東西的犯人。

兩者都讓人痛恨。

生活裡有足夠使用的金錢……一間鋼筋水泥建造的３ＤＫ的警官宿舍……一個坦率可愛的

妻子，和兩個自大驕傲的女兒……一份合意的工作……比預期中還要理想的職位……

這些都是不能放手的事物。

『不會讓媒體發現的。』

立原無意識地說。

『什麼？……』

『借用一下電話。』

立原站起來，想要證明剛才自己所說的話。這個時候有人來敲部長室的門，接著，表情僵硬的谷澤係長走進室內。

立原走到他身邊，兩個人交頭接耳一番。立原說：

『我正想打電話給你。怎麼樣了？』

『嗯，多虧了仲川兄，已經掌握到那四個人——』

谷澤一邊低聲說著，一邊將寫著幾個人名和住址的紙張交給立原。

『仲川兄還說了，破壞者的途徑是先進入法國的互聯服務網站，再進入我們的ＨＰ。』

『明白了。』

這一點也不必驚訝。雖然是從法國來的，但是發信源頭不是法國，只要做幾個『跳台』，一個一個的侵入後，最後才進入目標的網站就可以了。這是破壞者進行破壞時慣用的伎倆。

更重要的是這邊——

立原回到沙發那邊坐下，用一較高下的態度看著柳瀨，說：

『部長，現在M縣警察網站仍然像平常一樣地可以任人登入參觀，一點被破壞過的樣子也沒有，誰也看不出網站和昨天有什麼差異。』

『已經來不及了。不知道已經有多少人看過那個畫面了。』

『是已經有人看過了，但是，只有三個人。』

紀錄上是四個人，但是扣掉柳瀨的話，那麼就只有三個人了。

『已經掌握到那三個人的姓名與住址了。只要這三個人不說出去，那麼這次被破壞者入侵的事，就等於沒有發生過了。』

柳瀨嚇了一跳地看著立原，說：

『沒有發生過？……』

『是的。』

『但是……向警視廳報告的事怎麼辦？』

『沒有的事情是無法報告的。』

柳瀨沉思了。

安井仍然動也不動地坐在原位上。

這是個危險的賭博。

但是立原毫不猶豫地賭了。

犯人所做的行為，明顯地犯了『禁止不正常的登入』的法條。但是，這個屋子裡並沒有可以被稱為受害人的人。沒有人流血、受傷或被殺害；也沒有任何人的財產有所損失，或被剝奪了正常的生活。如果有人流血了，那麼就是這件事被媒體知道的時候——也就是說，有人因此而受害了。

——這件事實在太可笑了。

立原的心底這麼想。

這樣的情形也叫做犯罪嗎？所有的一切都發生在虛擬的世界裡，那是連一點觸覺也沒有的事。破壞者叫什麼名字？長什麼樣子？更是完全無法想像的事。怎麼可以因為這個想像不出實體的破壞者所送來的幾行文字，而讓擁有實體，而且有工作、生活、家人的人流血呢？

經過一段時間的沉默後，柳瀨低聲問：

『可以封住他們的嘴巴嗎？』

『一定要封住他們的嘴巴。』

『好吧！就算可以順利讓他們不說出去，也還有一個問題。』

『什麼問題？』

『那段法文的意思。』

『您已經翻譯出來了嗎？』

『不是。我不懂法文。我是擔心，如果那段法文的內容有政治性的意圖，或要對警察做攻擊的行動，那麼就不可能完全抹殺掉，當作沒有那一回事吧？那段法文想表達的，有可能是某種攻擊的預告，或爆炸的通知吧？』

立原頓了頓，才反問：

『如果那只是惡作劇，就可以完全抹殺嗎？』

柳瀨沒有回答，他還在猶豫。

立原從沙發上站起來，腦子裡覆誦著那位法文譯者的住址。

6

和想像中的不一樣的房子。

立原當然沒有太具體地去想像衛藤住的房子的模樣，但是從衛藤的經歷，和電話中談吐有度的教養看來，實在無法想像他會住在這種白鐵皮屋頂、看起來有點寒酸的平房裡。

按了電鈴，過了一會兒後，玄關的門開了，一個長相端正、皮膚白皙的男子出現在門口。

明天不行嗎？——

從出現在眼前的衛藤的穿著，立原終於明白他為什麼會那麼說了。衛藤穿著黑色的禮服，今天是他母親死後七七四十九的忌日，白天應該會有和尚來唸經。

立原老老實實地低頭道歉：

『對不起，我太無禮了。』

『沒有關係，請進來吧。』

這裡的起居間好像也兼做佛堂。香煙裊裊的神龕裡，有一幅大概是衛藤的父親的遺照。半開的拉門的另一邊，是一間和式的房間，書架和榻榻米的地板上，堆了許多書。好像都是原文書，因為封面上的文字都是橫行的文字。

『不好意思，家裡很亂。』

衛藤從廚房裡端來茶和煎餅。不管是說話的方式，還是身段、動作，都讓人覺得衛藤有些女性化。

『半年前家母生病，我才回來這裡。因為一直是獨居的狀態，所以家裡很少打掃。』

『你以前在日本種苗公司工作。是嗎？』

『啊，是的……』

衛藤的臉上突然浮現有些驕傲的神情。

『從法文系畢業後，因為一時找不到工作，所以決定再去讀U大學，學習電腦和生物工學的基礎。大概是懂法文，又學習了生物科技，讓人覺得我擁有一技之長，所以能夠進入日本種苗公司。不過，我在那個公司的工作不輕鬆，經常被派到歐美——』

立原有些後悔提起這個話題。

『衛藤先生——』

找了一個適當的時機，立原連忙岔開話題：

『不好意思，你現在可以看那個東西嗎？』

『啊，可以。』

於是立原連忙打開手提包，拿出那張列印著那個畫面的紙。

黑底紅字——

衛藤的臉上出現短暫困惑的表情，但是他很快就說：『這是法文。』接著就伸手拿起放在電話旁邊的記事本和原子筆。

衛藤在翻譯的時候，中途曾經有一、兩次抬頭凝視著半空中，但手中的原子筆卻幾乎沒有停下來過。

『直接翻譯的話，我想就是這樣吧！』

『請讓我看看。』

立原的視線落在衛藤遞過來的筆記紙上。

俺愛過真理，

但是真理在哪裡？

到處都是偽善，

至少也是招搖撞騙。

即使是最有道德的人，

即使是最偉大的人，

也是一樣的。

立原一時無話可說。

他覺得呼吸有些困難，覺得不安，而且心跳愈來愈快。

『這、這是……』

立原抬起頭來，看到衛藤也是一臉不解和訝異的表情。

『這是什麼意思呀……』

當然並不是不明白字面的意思，而是字面的意思外，難道沒有別的意思了嗎？

立原調整一下呼吸，然後再一次從頭看起。

真理……偽善……招搖撞騙……

這是在批判警察，或是表達對警察的怨恨。深入解讀的話，要把這段文字解釋成對警察的不滿，也不是不可以。以『最偉大的人』來揶揄警察的權力，而警察的內部裡，確實也『到處都是』『偽善』和『招搖撞騙』。

如果做這樣的解釋的話，那麼確實可以從這段文字嗅出告發警察內部的味道。文中的『俺』，應該是一個警察，或以前是警察；『愛真理』可以解讀為『認真工作』；『最有道德的人』或許指的就是組織內的幹部，或自己上司。

不過這是自己的想像，並不是具體寫出來的東西。以這樣的文字去推測弄出那個畫面的人是誰，是太過牽強的事情。

不過，因為這段文字太過抽象又難以理解，反而讓立原鬆了一口氣。

至少可以確定一件事，這不是柳瀨部長所擔心的襲擊預告，或炸彈警告之類的文字。而且文中完全沒有針對M縣警察的字眼。這篇翻譯出來的文字就算被人看到了，大概也不會有人因此連想到這是要攻擊M縣警察的文字吧！也沒有人會想到警察組織會因為這些文字，而受到什麼打擊吧！這些文字根本是『無害』的。

——這樣的話，應該就可以完全抹殺了。

立原這麼想著。

『可能是某首詩中的一小節吧？』

衛藤突然這麼說。

詩中的一小節……

立原從頭再看一遍。

確實也有這樣的感覺。

到處都是偽善，至少也是招搖撞騙——

立原的心中突然升起某種微妙的感覺。

他知道這幾句詩。

他就是這麼覺得的。他覺得自己真的知道這一個小節，好像以前曾經在什麼地方看過，也好像是在哪裡聽人說過了。但是，卻說不上來到底是在哪裡看過或聽過的。他只是知道這一小節詩曾經在他的心中盤旋過。

心跳又再度加速了。立原覺得很困惑，因為他除了覺得自己是知道那首詩的之外，還覺得心中有一個難以形容的焦躁與不安的漩渦。可是，即使是這樣的不安與焦躁，他仍然明白一件事：

所有的不安，都源於過去的種種聲音——

7

『總之，那是網路恐怖份子將練習畫面誤傳到警察的網站所造成的。』

立原說完這番話後，便仔細地留意眼前這個大學生的反應。

『是那樣的嗎……』

富田徹，二十歲，他的表情明顯地說明他並不相信立原的話，但是又不得不同意立原的話。此時此刻，沒有比乖乖聽話更適當的做法了。一點企圖心也沒有的樣子，這就是現在大學生的寫照嗎？八張榻榻米大的西式房間裡，到處都是東西，有桌上型電腦，也有筆記型電腦，還有這兩種電腦的其他高價配備。

『因為這是沒有面子的事，所以請你不要把這件事情張揚出去。』

『啊，唔……』

『你已經對別人說過這件事了嗎？』

『沒有，還沒有對任何人說過。』

『那就拜託你了，請不要把這件事情說出去。』

立原加強語氣地說了這句話，然後站起來。

他正想離開時，背後傳來聲音：

『啊，那個……』

富田以不知道能不能稱為笑容的表情看著他，說：

『當警察很難嗎？』

看來這個富田生並不是乖乖聽話就好的大學生。長期以來的經濟不景氣，好工作難找的情況下，不僅一般公家機關的工作很熱門，連警察的單位都成為熱門的工作目標。

『如果你有興趣的話，一定可以當上警察的。』

說完這句話後，立原走出富田的家。

上午十一點半——立原繼續飛車前往『第二個人』的家。谷澤係長現在應該已經抵達機場了吧！最後的那個人是住在長崎的一位上班族。

立原把車子停在公園附近的空地上，靠著住宅區地圖，尋找掛著『門倉』名牌的房子。根據互聯網服務商提供的資料，和他們訂使用契約的人是門倉明夫，但是立原來之前先以電話詢問的結果，了解到當時使用電腦的人是門倉讀中學三年級的二女兒。

把自己關在家裡——立原也有兩個女兒，對這樣的情形相當在意。在來到門倉家之前，他已經先問過了，知道這個把自己關在家裡的女生早上使用過電腦後，還沒有和任何朋友聯絡過。對立原而言，這是一個好消息。

門倉家是一棟相當漂亮的三層樓獨棟房子。因為已經在電話中表達過來意，並且得到對方的同意，才來這裡的。但是出來應門的女主人，對於立原要和女兒見面之事，好像還是有很深的不願意。

『請您不要讓她不開心。』

『我只要和她說十分鐘的話就可以了。』

立原不顧女主人的態度，半強迫性地進入屋內。

那個女生的房間在三樓。敲了幾下房門後，房內的人總是不出聲。最後女主人連說了數聲『要進去了』、『真的要進去了』之後，才打開房門。

門倉千繪在床上，棉被拉到鼻子上，以充滿防備的眼神，看著進門來的人。

『千繪，剛才告訴過妳了，警察想問妳幾句話。』

『……』

『這個……不是妳做了什麼事情，所以不會對妳怎麼樣，只是想請妳幫個忙。』

立原對千繪的母親使了一個眼色，請她離開這個房間。看千繪的樣子，她好像很不喜歡自己的母親。

房間裡只剩下立原和千繪後，千繪開口說話了。但是，她的聲音像蚊子一樣細。

『我真的沒有做什麼壞事呀！』

『我知道。是這樣的——』

於是立原把對大學生富田說過的話，對著千繪又說了一次。千繪聽了立原的話後，像看著房間裡的許多布偶或洋娃娃一樣，目不轉睛地盯著立原。

『希望妳不要對任何人提起這件事。可以答應我嗎？』

『……可以。』

『謝謝。不好意思，打擾妳了。』

立原站起來準備離去，但是突然又想到什麼，便改變主意停下腳步。他看著千繪，問：

『妳為什麼想看警察的網站呢？』

立原的問題很直接。

『因為沒有別的東西可以看了。』

聲音從棉被裡傳出來。一點抑揚頓挫也沒有的聲音，彷彿是從床對面的裝飾架子上的洋娃娃的嘴巴裡說出的。

書桌上的筆記型電腦已經關起來了，但是立原卻好像看到室內燈光已熄滅的黑暗中，發出青白光的電腦螢幕上，映著一張面無表情的少女的臉。不去上學，也不出去玩，整日只沉溺在網路的世界裡——沒有邊際也沒有底的大海。這個十四歲的少女的心裡，到底在想什麼呢？

告辭了門倉家，直到上了自己的車子以前，立原的心情都很沉悶。

不過，縣警察網站已經恢復原狀，也明白了那篇法文並沒有任何威脅的意思，又成功地堵住了兩個人的嘴，總算一切都很順利。

回到縣警察本部大樓時，正好是下午兩點。

一走進情報管理課，安井課長就以相當大的手勢招呼他過去。

『有什麼新的消息嗎？』

『先別說這個。有一件事我從早上就要告訴你，現在不趕快說的話，恐怕等一下我又忘了。你真是讓人傷腦筋。』

『唔？……』

『今天早上的事呀！你打電話給部長以前，為什麼不先和我聯絡？害我挨罵了。因為你沒有手機，找不到你，讓我變成代罪羔羊——』

安井從早上就想說的事情，就是這個。

『新的消息呢？』

『有呀！當然有——』

安井好像在鬧彆扭般地說著。

一個消息是飛到長崎的谷澤傳回來的，他已經順利地找到那位上班族，得到他『不會對任何人說』的承諾。

另一個消息是縣政府那邊的仲川提供的情報。住在法國的某個廠商查到了第二個『中繼站』，那個『中繼站』是倫敦的圖書館。網路破壞者從那個圖書館的伺服器，先進入巴黎的互聯網，侵入縣警察的網站。這位破壞者在進入圖書館之前，很明顯地還經過別的『中繼站』。

立原盯著安井的臉看，心想：剛才說的話，有比這兩個消息重要嗎？

可是，安井的話還沒有說完。

『還有，立原君，剛才總務課長來過了，他要你回來以後立刻去本部部長室。』

聽到這句話後，立原立刻小跑步地跑到走廊。

打開總務課的門，石卷課長一看到他，就立刻舉手招呼他：

『在等你了。』

立原挺直背脊，踏入本部部長室。自從當上警察以來，這是他第一次進入本部部長室。

澄田本部部長坐在辦公桌後面。

『回來了嗎？唔，坐吧！』

立原面對面地坐在澄田對面的沙發上。本部部長室的地毯厚到感覺不到地板的硬度。

澄田很平靜地開口了：

『立原君，聽說你向柳瀨部長提議，不要向本部報告網路恐怖份子的事情。是嗎？』

立原全身僵硬了。

『是，是的……』

『為什麼？縣警察和警察廳不是都是警察嗎？』

『因為擔心被媒體知道這件事，所以才那麼提議。』

『這件事情如果讓媒體知道了，確實很不好。但是，不向本廳報告這樣的事情，和不讓媒體知道，是兩回事吧？』

立原回答不出來。

他的腦子裡浮起柳瀨的臉。柳瀨把立原做的事、立原提議的話，全都向澄田報告了。他這麼做不僅迴避了被澄田斥罵和責備的難堪，也免於被追究責任。他說出立原的名字，並且說立原是網站的負責人。

澄田接著說：

『不向本廳報告，就是要放棄調查的意思。你是這個意思吧？』

『……是的。』

『你說說看！是什麼理由讓你做出這種自我保護措施？』

『……』

最後澄田終於顧不了風度，明顯地表示出憤怒，並且指責道：

『千萬不要忘了，身為管理部門的我們也是警察！』

8

黑暗中——

凌晨三點，身旁沉睡中的妻子發出均勻的呼吸聲。

立原義之從睡眠中醒來，坐在被褥中。

（你說說看！是什麼理由讓你做這種自我保護措施？）

立原的呼吸變急促了。

他的心情被怨恨控制住了。

澄田部長是誠實的，但是這個誠實正是鼓動人對他產生怨恨的由來。

『到處都是偽善，至少也是招搖撞騙。』

『即使是最有道德的人，即使是最偉大的人，也是一樣的。』

柳瀨部長和安井都不算什麼，他們所表現出來的偽善或狡猾或陰險，都遠遠比不上父親。

而自己是在那樣的父親的陰影下長大的。

當時，他怨恨周圍的所有人。他怨恨總是嘲笑自己貧窮的同學、怨恨曾經在上課中指著自己罵的老師、怨恨不肯借錢給自己的老太婆，但是……

真正讓立原感到深惡痛絕的，是那些外表誠實又善良的人。當他出現在那些人的面前時，他們會露出同情的慈愛眼神，以和善的語言對待他，給他難得的溫暖。他們是會在少年的心中點燃一盞燈，也會無情地吹熄燈火的人。

『到處都是』那樣的人。

少年每天早上都要送報紙到好幾百戶人的家裡。

他們和少年之間有一道牆，他們愛圍牆內的生活，並且以溫暖的眼神關注著忙於送報、不停地奔波的少年。

但是，他們的本質並不像他們的外面那麼溫暖。哪一天如果家裡訂的牛奶不見了，他們的懷疑目光就會投注到貧窮的少年身上；明明是自己忘了把報紙拿進屋裡，卻懷疑是不是少年沒有把報紙送到，而到主管那裡去打小報告，少年就有可能被大聲辱罵；平時在馬路上擦肩而過時，會像沒有看到少年一樣，避免接觸到少年的眼光。可是，第二天早上看到送報來的少年時，他們又會說：『真讓人佩服呀！這麼小就這麼刻苦耐勞——』

少年因此而手足無措，因此而變得怨恨別人的溫暖與誠實。他好幾次想過：如果母親還活著，那就好了。也好幾次希望父親能夠早點死掉。

或許是老天知道他的心意了。立原十四歲那年的夏天，父親因為心臟病發作過世了，他也因此得到送報生獎學金，得以進入高中就讀。他嚮往公務員的頭銜與晉升制度，並且想成為警官。那是即使同時進入組織，只要夠努力、表現得比別人好，就可以比別人早日往上爬的階級社會。他幾乎從來沒有感覺到工作上的痛苦，心裡還經常感覺到輕飄飄的快感，想得到的東西也一一能夠擁有了。足夠生活的金錢、鋼筋水泥建造的3DK警官宿舍、坦率可愛的妻子、兩個令他驕傲的女兒、合意的工作、比預期中還要理想的職位，還有電視、冷氣、電話和車子……終於得到這些，得到令人愛戀的圍牆內的生活。

網路破壞者會奪走那些東西，那樣一來，立原就會被逐出組織的圍牆。

失職——柳瀨的那句話，可能讓他脫離現在的生活軌道，讓他失去逐漸圈進自己牆內的所有事物。如果自己是警察廳的長官，也不會原諒自己這樣的行為的。

但是……

為什麼對最該被憎恨的網路破壞者，卻沒有怨恨的感覺呢？

那段文字。

俺愛過真理，
但是真理在哪裡？
到處都是偽善，
至少也是招搖撞騙。
即使是最有道德的人，
即使是最偉大的人，
也是一樣的。

確實是熟悉的字句。

是從前就知道的字句。

立原忍不住這麼想。

在什麼地方讀過的？……在哪裡聽過的？……那到底是什麼時候？……

立原注視著黑暗之中。

眼前的黑暗讓他聯想到那個黑色的畫面。

黑色的畫面上，有紅色的橫行文字。

就在這個時候，他的腦子裡好像爆出了一個火花。

一片片的思緒飛散出去。在網路裡面流竄的種種情報，快速地跑過立原的腦海。

9

五天後。立原的手裡拿著一本文庫版的書，來到一個剛認識的男人的家裡。

知道犯人是誰了。

雖然沒有證據，但是立原相信自己所想的不會有錯。

『犯人盜用了住在青森的一個家庭主婦的帳號與密碼，從日本開始，跳過包括歐美地區在內的五個「中繼站」，然後入侵了縣警察的網站。』

『不用白費力氣套話了。因為你只是來要求我翻譯，並沒有問我這件事，所以我當然什麼也沒有說。』

衛藤久志白皙而端正的臉上，浮著淡淡的笑容，他接著說：

『其實我很想告訴你的，所以當時也給你好幾個暗示，希望你能自己發現。』

立原目不轉睛地看著衛藤，問：

『你承認了？』

『青森很遠，我不可能去那裡。還有，你看我的房子！這個房子裡一台電腦也沒有吧？不過，因為這是一個電腦氾濫的時代，所以街頭巷尾都有二十四小時連好線的電腦可以利用。』

『為什麼要做那種事？』

衛藤臉上的笑意更濃了。

『開個玩笑而已，只是好玩罷了。你不是因為發現我是開玩笑的，所以才來找我的嗎？』

立原一邊聽衛藤說，一邊把擺在膝蓋旁邊的書，放在桌子上。

那是法國小說家斯湯達爾的《紅與黑》。

立原年輕時讀過的，描述一位沒有地位也沒有財產的年輕人的野心的故事。

黑色畫面上的那些紅色文字，出現在那本不算短的小說中的第四十四章，是接近尾聲的部分了，是被判死刑的主角——朱利安，在獄中的獨白。

因為想到了《紅與黑》這本書，所以才開始懷疑起衛藤。五天前，衛藤說過『可能是某首詩中的一小節吧？』這樣的話。但是讀法文系的他，應該不可能不熟悉《紅與黑》這本書。另外，一開始的主詞譯為『俺』，而沒有依照一般翻譯的習慣直譯為『我』，應該也是遷就《紅與黑》這本書的關係。

『我原本就對駭客的行為很感興趣，在「日本種苗公司」工作時，經常有機會到海外出差，我在某一次的出差時，找到了一個已經被丟棄的伺服器，我悄悄地在這個伺服器裡做了一個「後門」。如果沒有這個「後門」，我就做不來這次的事情。』

『為什麼要以縣警察的網站為目標？』

『我說過了，我只是想開個玩笑。和嚴肅的警察開玩笑，不是很有意思嗎？警察會非常緊張，並且——』

立原打斷他的話說：

『你是八月二十九日去應徵縣警察的翻譯工作的吧？』

『唔？……』

衛藤的母親七七四十九天的祭日，是不出報日的翌日，也就是十月十五日。倒算回去的話，衛藤是在母親死後的第二天，去應徵警察的翻譯工作的。

『好厲害！』

衛藤發出短暫的讚歎聲，眼睛發亮地說：

『好吧！既然你都已經查到這個地步了，我就多說一些吧！我用《紅與黑》中的文句，是有原因的。或許你會覺得這個原因很可笑，也很無聊。』

『無聊？……』

『對。我的父親曾經是學校的副校長，當時參加教師工會與不參加工會的老師鬥爭得很厲害，彼此互罵是「紅色教師」或「黑色教師」，最後還發生了暴力的事件。我的父親個性比較軟弱，夾在兩者之間，過得非常辛苦，最後終於因為過度操勞而死了——一直以來我都是這麼認為的。但是，我母親卻在去世前告訴我，我的父親是被警察害死的。』

『……』

『教師們之間的鬥爭演變成暴力事件後，我的父親也成為警察訊問的對象之一。警察一直問他：你是紅的？還是黑的？啊，事實如何我也不清楚，只是我的母親像囈語一般地，一直說著警察、警察、警察。』

『……』

『啊，不是的，請不要誤會，我沒有想要報仇的想法。我只是覺得好玩。真的，我是因為覺得好玩，才那麼做的。』

這個時代裡，確實有人會因為覺得好玩，而做一些莫名其妙的事情。立原看到衛藤的嘴角微微地抖著，心想：或許應該相信他所說的。

『我想問你一件事。』立原注視著視線投向窗外的衛藤問：『「俺愛過真理」——你愛過的真理是什麼？』

『是記號。』

衛藤的視線仍然看著窗外，喃喃地說著。

『我讀過T大學的法文系和U大學的生物科學系，然後進入日本種苗公司……但是，一個人如果沒有實力的話，不管讀了幾個學校，都沒有用。老實說，我是被日本種苗公司裁退的。一般企業的上班族和公務員不一樣；在這個年代，過了三十歲以後，如果沒有實力，就會被淘汰。我就是因為這樣，才回來老家的。』

衛藤的頭轉回來，注視著立原的眼睛。

『你知道什麼是貧窮嗎？』

『……』

『貧窮是非常累人的東西。我和母親是靠父親的撫卹金生活的，無法把《紅與黑》只當成是路易王朝時期的小說。』

立原站起來，低頭看著衛藤，說：

『你知道揑手背遊戲的意思嗎？』

『什麼？……』

『有贏的時候，就會有輸的時候。』

衛藤臉上的表情有點僵硬了。

立原加強語氣。

『不要再做這種事了——因為下次如果你再拿警察的網站開玩笑的話，一定會被逮捕的。』

10

晚上十點過後。

立原開著車，往回去警官宿舍的路上。

衛藤的話還在他的心中盤旋，久久不去。

記號……

沒錯。立原自己也是靠這個活下去的。

足夠生活的金錢、鋼筋水泥建造的３ＤＫ警官宿舍、坦率可愛的妻子、兩個自大驕傲的女兒、合意的工作、比預期中還要理想的職位，還有電視、冷氣、電話和車子……這些『幸福的記號』都是他收集來的。他經常去數自己到底得到了多少這樣的記號，確認自己確實擁有，並且相信每增加了一個記號，就可以多擺脫過去一點。

把車子停在停車場後，他在黑暗中走著，邁著沉重的步伐，爬上宿舍的階梯。

這次的事件讓他失去了上司的信賴，所以明年春天職務調動時，自己一定逃不了被撤換的命運的。立原這麼想著。澄田部長這個人，是絕對不能容忍地方警察小看他所管理的警察廳的。自己已經侵入了他的『圍牆』，或許不是撤換職務就可以——

立原才把手伸向門把，門卻從裡面打開了。

『你回來了！嚇一跳嗎？剛才就看到你的車子從窗戶外面經過了。』

立原的妻子很得意地說。

『這樣嗎？』

『什麼這樣嗎？這麼晚才回來，會讓人擔心的！』

『是嗎？……』

一進入客廳，立原的兩隻手就被抓住，兩個高亢的聲音同時傳入耳中。

『可以嗎？可以了吧？』

『拜託了啦！買手機給我啦。』

為了這個，已經吵了半個月了。

『好不好嘛？拜託啦……唔？現在大家都有手機了。我不會在教室裡用手機的，買給我就好了。』

『我也要。我的同學都有手機，沒有手機的人會被嘲笑，我都不好意思去上學了。』

兩個女兒一人一邊，搖晃著立原的手臂。

不知道為了什麼，立原突然覺得胸口熱了起來。

他轉頭環視著屋子。妻子在廚房裡笑著說：『真是的！每天晚上都這樣。』

這個不是記號。

沒有多久以前，還像楓葉似的嬰兒般的小手，現在不停地拉扯、搖晃著他的手臂，纏著他。

這個也不是記號。

這是慢慢融入的情感。

即使是住在窄小的房子裡，薪水變少了，還失去了公務員的工作——

『真是的！爸爸，您到底有沒有在聽嘛？我要手機啦！』

『就這麼決定了！買給我哦！』

立原好像想到什麼似的，吐了一口氣，說：

『不行！』

『討厭！小氣！爸爸最差勁！』

立原不管女兒們在他背後批評的聲音，走進浴室，打開水龍頭，捧起細細的水流洗手、洗臉。

安靜的房子

1

過了晚上八點，編輯部就好像睡醒了一樣。

縣民新報的編輯部門在總部大樓的五樓，編輯整理部就在五樓的出入口附近。一到這個時間，整理部裡就人頭竄動，約有二十個編輯整理人員埋首在這個空間裡工作。有的人盯著桌上的電腦螢幕，專心地看著記者傳過來的稿子；有的人靠著桌子，在攤開來的規定稿紙上畫線條；有的人雙手抱胸，眼睛看著半空中沉思；也有人面對著電腦終端機，焦急地操作著機器……

高梨透早早就結束了完稿、輸出版面的作業，現在正在看已經印刷出來的『地方版』的打樣。他雖然有十六年的外勤記者經驗，卻沒有什麼編輯整理版面方面的工作經驗，所以轉派到編輯整理部門後，處理的大多是責任和負擔比較輕的『地方版』，而不是『社會版』。從現在的進度看來，應該可以在晚上八點半前校對完紙面的樣張，那樣就可以比其他版面快三、四個小時把樣張送到印刷的部門了。

——今天的進度還算不錯。

高梨一邊檢查樣張上的報導，一邊感到放心。編輯整理的工作需要對所有的事情保持彈性的態度，做柔軟的判斷，還要有很好的敏銳度和工作能力，這樣才能抓到報導的重點，製作出容易閱讀又好看的版面。高梨覺得自己在這方面的才能並不夠好，現在的他雖然已經能掌握到一些處理版面的要訣了，但是要說到敏銳度，總是還差那麼一截。在當記者的時代，他不知道自己有這樣的缺陷，因此當了三個多月的編輯整理，才好不容易略懂如何分辨『清新的版面』和『俗氣的版面』。

不過，今天處理出來的版面還不錯。頭條報導裡大膽地用了一張相當大的市民馬拉松比賽的照片，標題是：『迎著河面的風奔跑』，讓人覺得很有味道。一般的社會事件或政經報導的標題，通常要求要一針見血，但是地方版的報導標題最好是能襯托出報導內容的文字。

次要報導是和手語講座有關的新聞，及放在被稱為『肚臍』的版面中央的夏日祭報導的版面處理，看起來也很平衡。整個版面的中段到下段，是十條左右的小報導。雖然看起來和平常一樣沒有特別奇特之處，但是下的標題和報導的編排處理得還不壞，所以就算是總編輯和主編看了，應該也沒有什麼挑剔之言吧……

咦？

他的思考突然停頓下來，覺得眼前看到的東西有點不太對勁。

『高梨——』

突然在這個時候在高梨的背後叫喚他的，是地方版的主編荒川。他把一份稿子和照片擺在高梨的面前。

『對不起，請把這個報導放進去。』

『現在嗎？』

高梨的聲音變尖了，他的眼睛看著牆壁上的時鐘。八點二十分，離規定送到印刷部門的時間只有十分鐘了。

『不能明天再放進去嗎？』

高梨一邊收下稿子和照片，一邊皺著眉頭說。地方版的內容主要以當天採訪到的新聞為主，配合一些不急著刊載的稿件組成的。會擺在地方版的報導，基本上就不是很緊急的新聞，所以遇到記者遲交稿子時，讓稿子『睡一天』再上報，是常有的事情。

『這是自己公司的東西唷！』

荒川的回答讓高梨感到很無奈。所謂自己公司的東西，指的就是縣民新報主辦或協辦的活動。

高梨的視線落在稿子上，『本社協辦』的紅色字體清清楚楚地映入他的眼中。記者下的臨時標題是『Y地區青少年芭蕾舞發表會』。寫這篇報導的記者是Y分社有四年資歷的湯澤。高梨的腦海裡浮起湯澤那對令人不舒服的狐狸眼。

『之前完全沒有聽說會有這篇報導，而且現在已經八點多了。』

『Y市就要選市長了，大概在那邊採訪的時候被人纏住了，所以稿子現在才傳來。』

『可是，至少也要預先通知一下——』

高梨話說了一半，就不想再往下說了。他嘆了一口氣，現在抱怨也沒有用，既然是自己公司的東西，只能含著眼淚，默默地做了。

『要多少行？』

『三十行左右吧！』

『一定要用到照片。對吧？』

『要用照片。主辦人是那位石井女士，她認識副社長。』

高梨離席站起來，拿著稿子和照片，走到整理主編蒲地旁邊，說：

『臨時插進來的稿子，請處理一下。』

蒲地瞄了一眼手錶，抬起頭說：

『要大篇幅的嗎？』

『說是自己公司的東西，要三十行，刊登照片。』

攤開在蒲地的桌子上的，是剛才高梨送來給他看的地方版的樣張。看來蒲地也正在進行樣張的最後檢查。

他們兩個人同時滿臉困惑地看著樣張。

『上面的這個可以拿下來嗎？』

排在版面右上方的第二大報導——手語講座的報導，原本是要放在第二社會版的版面的，因為排不進去了，所以才拿到地方版來刊登。這個活動由五個義工團體共同主辦，不僅相當有新聞性，而且還是一個有兩百多人參加的活動。

『這條報導不能放到明天。』

蒲地邊說，邊移動視線往下看。

『……我想拿掉這個，但是今天再不上這篇稿子的話，明天就不能上了。』

『唔，沒錯。』

高梨的視線落在那條報導上。『須貝攝影展到今天為止』——那是以『彩虹與雲』為主題的攝影個展，攝影師的名字叫做『須貝』，但高梨對這個名字完全陌生。因為是一個還沒有成名的攝影師，所以前天就寫出來的稿子，硬是被放了兩天，才被拿出來。為期四天的個展明天就要結束了，所以今天再不刊登的話，這篇稿子就完全沒有作用了。

『那麼——』蒲地指著樣張上最下面的報導，說：『拿掉這兩則嗎？關於交通安全運動的報導，幾乎每個月都會有，暫時拿掉應該沒有關係。』

『要把芭蕾舞的報導放在這邊嗎？』

『自己公司的東西放這麼下面不好吧？把芭蕾舞的報導放在上方的位置，手語講座的報導放下來，然後縮小夏日祭的版面，這樣就剛剛好可以放下芭蕾舞報導所需要的篇幅了。』

高梨突然覺得眼前昏暗。那不是一切都得重來了嗎？

『就這麼做做看。』

高梨看了一眼牆壁上的時鐘，然後很快地走到電腦編輯部，拜託同事把芭蕾舞的照片放進掃描機器裡，讓電腦的主機把照片讀出來，再小跑步回到自己的桌子前，仔細數著螢幕上的行數。

竟然有三十九行，他『嘖』了一聲。

高梨坐在椅子上，讓椅子往旁邊移動到排版電腦前面，畫面上出現的是即將付印前的地方版的畫面。前所未有的好版面，現在卻要被破壞了，高梨覺得實在難以忍受。

但是，他不能說出心中的感受。他拿著滑鼠，在畫面上點了一下，確認芭蕾舞的照片和報導稿子是否已經輸入無誤。果然已經輸入了。接著他操作滑鼠，將兩則交通安全運動的報導移走；再將版面上方的手語講座報導，與原本位於版面中央的夏日祭活動的報導，暫時移到版面的欄外，再把芭蕾舞報導放進空下來的版面上方。在做這些動作的時候，螢幕畫面的右下方出現閃爍的『超出版面』的文字。行數太多所以放不下去。難道還要拜託編輯刪掉一些字嗎？太麻煩了！那麼把照片縮小一點，應該就可以了吧？於是，他把『橫放』的照片硬改變、處理成『直放』的照片，然後再一次把稿子排放進去看看。但是，『超出版面』的文字又出現了。

真可惡！

高梨嘴裡罵著，再看了一眼牆上的時鐘。八點三十五分。已經超過預定送去付印的時間了。

『很難弄嗎？』

鄰座的串木出聲問道。他和高梨同時進入報社，幹編輯整理這個工作已經有十二年了。

『沒什麼。』

高梨之所以會這麼逞強地說，是因為感覺坐在對面位置上的手塚理繪正在看自己。手塚理繪二十四歲，今年是她進入報社的第二年，對編輯整理工作的感覺很敏銳，而且好像相當自豪自己有這樣的天分，每次看到高梨陷入困境的時候，就會暗暗地偷笑。高梨明年就四十歲了，這個年紀還可以調到內勤工作，並不需要覺得沒有顏面或嘔氣，但是，每當感覺到自己當外勤記者時沒放在眼裡的編輯整理部小女生，竟然會瞧不起自己，他就忍不住在內心咒罵報社裡的長官們。

『快一點。』蒲地出聲說道。

雖然高梨一步也不敢離開編輯排版機，牆壁上時鐘的指針仍然飛快地往前走。花了很多時間之後，終於把行數弄到可以放進預定的版面裡，但時間已經超過九點了。樓下的攝影製版課打電話來時，以接近憤怒的語氣問：『喂，怎麼搞的？』

『知道了！』高梨也以相當不愉快的口氣回答。

重新編排好，只剩下下標題了。芭蕾舞發表會的標題……標題……高梨大拇指壓著眉間，急躁地思索要怎麼下這個標題。報社大樓重建以後，就嚴禁在辦公室裡抽菸，這個禁令讓他的腳抖的弧度愈來愈大。

噹！他的腦子裡浮現幾個文字。

『征服觀眾心靈的小小芭蕾舞家』

這個標題應該可以吧？就這樣吧！高梨敲了機器上的鍵盤，然後聽到背後的笑聲。他回頭看，手塚理繪正瞇著眼睛在看排版機的螢幕畫面。

『怎麼了？』

理繪一點也不客氣地說：

『我覺得小劍士小芭蕾舞家之類的用法很沒有意思，還不如用未來的芭蕾名伶來形容比較好。』

高梨很想反駁，卻說不出話來。

『而且，對讀者來說，那樣的標題太誇大了，應該用貼近讀者想法的詞語。』

理繪得理不饒人似的繼續說。

高梨根本不想理她，他挺著憤怒的肩膀，閃過理繪的身體，重新把標題打好，接著就立刻按了『執行樣張』的鍵，然後站起來，走到放在辦公室角落，被大家稱為『大老鼠』的列印機那邊。平常的話，只要兩、三分鐘就可以傳輸出來的樣張，因為高梨的操作稍微慢了，被科學版和市況欄搶先了一步，所以大約十分鐘以後，地方版的樣張才被傳輸出來。

『拜託你了。』

把重新做好的樣張放在蒲地的桌子上時，高梨桌上的電話也正好在這個時候響了。九點二十五分。鈴聲非常刺耳。

『我會盡快看一下，沒有問題的話，就可以付印了。』

蒲地很快地說。

高梨一邊用手指滑過更改過的部分，一邊走向自己的桌子。ＯＫ，沒有問題。他這樣喃喃自語著，然後拿起聽筒。

（喂！知道現在幾點了嗎？）

『現在正要送去付印。』

高梨沒好氣地回答，並且按了『執行付印』的鍵。

結束了。

他長長地吁了一口氣，很清楚自己緊緊皺在一起的眉毛，已經向左右兩旁舒展開了。這就是和外勤記者最大的不同之處。因為這是被動的工作單位，所以不管有多忙，只要忙碌的時間一過去，負責的版面送去付印了，所有編輯整理的工作就可以完全從腦子裡消失。明天的工作是看到了明天的稿子之後，才能做安排的事情。

高梨開始準備回家了，但是他周圍的氣氛仍然很緊張。完成一份報紙時的真正戰場，是從這一刻開始的。

『對不起，我先走了。』

像平常一樣地對鄰座的串木說了這句話後，高梨悄悄地離開了自己的座位。

先到大廳的吸菸區去抽一支菸吧！想到可以享受到這個小樂趣，高梨的腳步霎時輕快起來。

2

晚酌之後又吃了點消夜，再看完最後一節電視新聞報導時，已經是接近午夜一點的時間了。

妻子笑子已經睡了。自從高梨調職到編輯整理部以後，她的心情就非常好，因為高梨當記者的時候，總是一天到晚看不到人影。丈夫終於結束記者時代的不規則生活形態，做妻子的笑子當然非常開心。編輯整理部是輪班制的工作單位，雖然工作的內容是『今天不可能知道明天要做什麼事』，可是工作的時間卻是可以預知的，每個月的月初就排定當月的工作日期，及休假的日子，所以笑子可以利用高梨不用工作的日子，要求高梨陪她去買東西、看電影。

高梨呆呆地想著未來的事情。

在編輯整理部工作兩、三年後，可以當上地方版的主編嗎？……

在整個編輯整理部門裡，論記者的資歷，他不比任何人遜色。剛進入這一行時，他先跑了兩年的警政新聞，又做了三年的體育記者；接著又被派到兩個分社去當駐派記者，再回到總社時，就主跑市政和縣政的新聞。雖然不敢說做得讓人非常讚賞，但是他對自己採訪前做功課，和努力完成工作的態度，是非常自負的。他也報導過好幾則讓同行驚訝的獨家新聞，還執行過關於道路行政或教育問題的活動企劃。在當記者的時候，他努力建立自己的人脈，不敢怠慢地陪同重要人物去打球或喝酒，可以說日常生活中所做的每一件事，都和如何做好記者的工作有關。

但是……

調動到編輯整理部已經三個月，他已經習慣新的生活型態了。穿著T恤，理所當然地在中午過後才進辦公室，然後坐在辦公桌前一邊偷窺上司的神色，一邊度過大半的上班時間；偶爾還可以偷空去抽一根菸，感受一下幸福的感覺。退下記者的工作，肩膀上的重擔減輕了，這樣的日子確實好過多了。但是過著輕鬆的日子的同時，他有時也會對自己感到厭煩。想來也的確會這樣，否則以前十六年的記者生涯，每天拿著名片在外面跑的自己，不是一點意義也沒有嗎？

或許是失去信心了。要做一個外勤記者，需要有『敏銳的感覺』、『足夠的行動力』、『緊追不捨的精神』，而且這幾項能力中，至少要有一樣比他人強，才能做得好。但編輯整理工作需要的是一個人的『基本能力』，工作者的基本能力每天都在被考驗中。對事物的感覺是否正確、是否能與上司或單位中同事有良好的互動等等，都是做編輯整理工作的人必備的能力，而這些能力，也是為人的基本能力。做編輯整理工作的人不能像當記者的人那樣獨自行動，也不是用稿子給人看到採訪的結果就可以的。

反正自己也不是什麼了不起的男人。當他感到沮喪，覺得自己不夠好時，那股想回去當記者的心，自然就會萎縮了，想要得到更好成就的心情也一樣。原本他就沒有特別想在記者這一行上出人頭地的想法，當然，他的內心裡也隱藏著一直當記者的自我期許，可是，這種想法就像是胸部平坦的人，也想要挺起胸膛一樣，是一種潛意識的願望。和高梨同期進入報社，或和他年紀相當的人當中，有幾個人被認為是『有能力』的記者，他們的未來應該會繼續當記者，不會成為內勤的工作者。這算是自己在鬧彆扭吧——他的內心裡對那些『有能力』的人，總有一股不以為然的抗拒心，因此心裡想著：必須成為主編，才能和他們競爭——

高梨撚熄香菸，菸灰缸裡堆滿了菸蒂。他現在一天抽的菸的份量比以前多了。螢幕上穿著接近半裸的女人還在蹦蹦跳跳。他關掉電視，對自己說：睡吧！

可是他才躺下去，電話鈴聲就響了。

高梨嚇了一跳，看了一眼放在桌子上的時鐘。已經是半夜一點多了，印刷的輪轉機器應該已經開始運轉了吧！

他把電話機放在膝蓋上，拿起聽筒。

（啊，對不起，這麼晚了還打電話來打擾。我是手塚。）

手塚理繪打來的電話？

以前從來沒有過的事情。高梨的腦子空空的，想不出會有什麼事情。

『有什麼事嗎？』

（那個……地方版有錯誤。）

錯誤……？

高梨的視線在半空中徘徊著。

『……是什麼樣的錯誤？』

（您放了攝影展的報導吧！那個展覽已經結束了呀！）

高梨雖然一時之間無法立刻了解手塚的意思，但是他覺得自己的嘴巴好像一瞬間變得乾燥了。

（喂，喂——）

『我在聽。』

（我看過那個稿子了。原稿上寫的是攝影展的結束日期是二十五日。可是現在已經過了午夜十二點，是二十六日了。也就是說攝影展只到昨天，今天就結束了。不是嗎？）

高梨拿著聽筒的手微微地抖著。

『妳等一下。』

他把皮包拉到身上來，像翻倒一樣地把裡面的東西全部傾倒在榻榻米上面，拿起摺成四摺的地方版樣張，然後用肩膀夾著電話的聽筒，連忙打開樣張。

『須貝攝影展到今天為止』

這幾個字迅速地映入他的眼中。

稿子上確實寫著到二十五日為止。

確實是自己搞錯了。這篇報導稿是被放了兩天，才排上版面，而自己最初看這篇稿子的時候，把二十五日看成二十六日了。鬼迷心竅了——專業的編輯記者們會這樣說。

高梨覺得非常疲倦。

他的腦子裡浮現剛才在辦公室裡的情形。沒錯，在檢查樣張的時候，他曾經有過不太對勁的感覺，那是他的眼睛發現樣張的內容有所疑問的警告訊號。偏偏地方版的主編荒川這個時候來打攪，把芭蕾舞發表會的稿子遞到他的眼前……不，都是Y分社的湯澤害的。要不是他那麼晚才交稿，讓自己不得不在極短的時間內重新編排版面的話……在匆促的情況下要讓重新編排好的版面付印，使得高梨和整理編輯的蒲地都漏看了這個失誤——

高梨握好聽筒，問：

『報紙呢？』

（已經出去了。）

連最後修改的希望也沒有了，那樣的版面已經送進印刷機裡了。

（我也是回到家裡，再看一次樣張的時候才發現的。這個……我沒有告訴別人這件事。）

高梨感覺到理繪在說這段話時，並沒有平常常有的嘲弄語氣。

（或許沒有人注意到這個錯誤，因為這只是地方版的一則小報導。）

沒有人注意到這個錯誤……

這句話聽起來像天使說的，也像是惡魔的話。

高梨放下聽筒，從開著的拉門的縫隙，看到笑子有點浮腫的臉。

『發生了什麼事嗎？』笑子問。

『沒什麼。睡吧！』

高梨關上拉門，把樣張放在桌子上，再一次看著上面的文字。

但是沒看幾行，就忍不住一拳打到桌子上。

——那個女人！偏偏在這種時候說……

昨天就結束的攝影展的新聞，卻刊登在今天才出刊的報紙上！如果有人看了這則新聞，而跑去看攝影展，那麼很有可能在撲空之後打電話到報社來抗議。所以，有可能會沒人注意到這個錯誤嗎？

高梨的腦子雖然很想相信理繪說的話，但是肚子裡的火氣卻愈來愈大。

他的身體呈大字型地躺下來，腦子裡不斷思索應該如何處理這件事。

要打電話給蒲地嗎？……

已經半夜一點半，他應該已經離開辦公室了吧！蒲地住的地方離報社不到十分鐘的車程，打個電話向他道歉吧！與其把這件煩人的事情掛在心上一整夜，還不如現在就打個電話去道歉來得乾脆。因為是自己看錯了日期，所以最大的責任還是在自己的身上。高梨這麼想著，不過，蒲地的責任也不小。做為專業的編輯，沒有在樣張上看到錯誤，就同意送出去付印，算得上是失職的表現。

不……

正因為蒲地也有責任，所以或許現在先不要打電話給他比較好。蒲地的外表看起來溫和，其實內心感情的波動也是相當激烈的，接到自己的電話的話，或許會認為被自己羞辱了。如果是這樣的話，他一定會整個晚上憤怒得難以入眠。所以，還是明天去辦公室後再向他道歉，或明天早上再打電話給他，向他道歉吧！

高梨的心上又多了一層陰影。

被報導的那一方，會怎麼說呢？……

高梨起身，再度拿出樣張，看著攝影展的報導。

攝影師——須貝清志。四十三歲……『彩虹和雲相遇的時候』……旭丘町的藝廊『旭』……

總之，除了須貝清志和『旭』藝廊的經營者，會對縣民新報有微詞外，因為看了報導而撲空的一般市民，一定也會打電話來抱怨的。總共會有多少人來抗議呢？十個人？五十個人？還是一百個人呢？那樣的一則報導，會為展覽帶來多少客人呢？高梨猜不出來。

不過，他也覺得這個事情不至於鬧大。

這個須貝清志雖然是職業的攝影師，卻是一個接近沒沒無聞的人物。這種人開的個展，通常只有他的親朋好友會來參觀，所以有沒有在報紙上發佈消息，事實上並不重要，因為會去參觀個展的人，基本上都已經清楚展覽的期限。

不過，還是有人會因為『彩虹和雲相遇的時候』這個吸引人的題目，而去觀看這個展覽吧！只是，不知道會有多少這樣的人。

高梨躺在被窩裡也睡不著。

已經閉上眼睛的高梨，視網膜上浮現著因為抱怨的電話而氣氛緊張的編輯部模樣。這種情形就像在警告『水位已滿』的燈號一樣，閃爍不已。

3

上午八點。高梨站在旭丘町的『旭』藝廊前面。因為大部分的商店都還沒有開始營業，所以他的懷裡抱著的致歉禮品，是從便利商店買來的煎餅禮盒。

『旭』也還沒有開門。不過，要把這個從前是小文具店的老舊建築物稱為藝廊，實在有點勉強。高梨從資料上的住址，就猜測到『旭』藝廊位於郊外，因此心想或許這個藝廊也兼住家，所以才會這麼早就開車來這裡。沒想到是想錯了。看來『旭』藝廊的經營者並沒有住在這裡。

入口處的玻璃門上有一條斜斜的裂縫。高梨幾乎把鼻子貼在玻璃上般地把臉靠在門上，窺視著門內的情形。牆壁上掛著幾幅上了框的照片，看起來確實是『彩虹和雲』。還沒有撤走照片，應該今天會來收拾吧！

高梨重重地嘆了一口氣。

『旭』到底幾點才會開門呢？九點嗎？還是十點？

也找不到須貝清志——因為電話簿上沒有這個名字。高梨想過可以向寫這個攝影展報導的記者，打聽須貝清志的聯絡方式，但是，那樣做的話，不就等於到處宣傳自己愚蠢的失誤嗎？他沒有去問那個記者。

這件事情也還沒有告訴編輯整理部的蒲地。無論如何，高梨都希望在上司還沒有發現自己的這個失誤之前將事情擺平——高梨對自己不輕易死心的個性，感到無可奈何。

不管怎麼說，先去辦公室看看情況吧！作了這個決定以後，高梨便上車了。須貝和藝廊的經營者在拿到縣民新報，看到報導後，或許就會自己打電話來了。

他下意識地踩了油門，在九點以前就到達報社的大樓。當他搭乘電梯，來到五樓，一走進走廊，嘈雜的聲音立刻飛進他的耳朵裡。

在走進編輯部的路上，他就感覺到眼前的景象非常熟悉，因為昨天晚上出現在視網膜上的光景，就和眼前看到的一樣。電話此起彼落，響個不停，值夜班的記者和處理編輯行政事務的人，一臉蒼白地應付著那些電話。不止如此，竟然連局長和次長也在這麼早的時刻裡，就已經坐鎮在辦公室裡了。

高梨當場愣住，覺得自己全身的血液一直往下流。

他身旁桌子上的電話響了。行政事務人員看了他一眼，眼神很犀利。高梨連忙伸手去拿電話聽筒。

『喂，新報是小田切的間諜嗎？』

電話裡的男人憤怒的吼聲好像要震破高梨的耳膜。

小田切？……間諜？……

高梨嚇了一跳，但是他很快就想起『小田切』這個姓氏。

是Y市長的候選人之一，代表革新派出來挑戰第三屆市長的選舉。

『請問——有什麼問題嗎？』

為了爭取時間，高梨一邊接聽電話，一邊拿來今天早上的報紙。有關市長選舉的報導在第一版的上段——

（混蛋！還在問有什麼問題？寫錯增井的經歷了！）

保守派的增井，是小田切的最大勁敵。

『請問是哪裡錯了呢？』

（錯得太離譜了！增井是昭和三十九年生的。）

高梨眨也不眨一下眼睛地看著關於增井的報導。報導上寫的是『昭和三十年生』。

弄錯候選人的出生年了——

是Y分社的湯澤寫錯了嗎？還是編輯或整理在編輯作業的過程中漏了『九』這個字？總之，這是不應該發生的事情。報社對選舉的報導必須非常用心，尤其在報導對立的候選人時，更是大意不得，不僅報導的行數上要計較，誰的照片照得比較好，都會成為爭議的標的，即使是一些細微的事情，熱情的選民也會斤斤計較，很難說服他們。而報社一旦被質疑是某一位候選人的後盾，就會失去對大眾的說服力、失去信用。事實上有些地方小報確實有特定立場，態度傾斜，而被貼上『報導偏頗』的標籤。

『非常抱歉。』

高梨誠心誠意地道歉著。把年輕當成競選賣點的候選人，竟然在一夜間多了九歲，當然是不能被接受的事情。

（說抱歉就可以了嗎？請你們明天一定要登道歉啟事，而且篇幅不能小。）

看來這樣的條件不答應是不行的。但是，對報社而言，刊登道歉啟事是一大恥辱，所以這不是高梨一個人可以做判斷或決定的事情。

『我會向上級報告，認真檢討的。無論如何，請您原諒。』

高梨在說電話的時候，小個子的蒲地從他的身旁走過。蒲地彎著腰，頭低低的，一臉悽慘地走向局長的桌子前。他是被叫去的，因為他是必須負起這個失誤責任的人之一。

電話裡的那個男人還在生氣，不停地罵著；高梨也只好一直答腔，反覆地說著道歉的話。但他的腦子裡卻想著別的事情。

他的內心湧起一種安心的想法。和選舉報導出錯比起來，報導無名攝影家的個展出錯，根本不算什麼。就算有人前來抱怨，也會因為現在的這場騷動而被忽略。報導攝影家的個展出錯這件事，說不定到了最後根本沒人會責備高梨。

但是，產生放心的想法的同時，高梨同時也想到一種令他感到害怕的可能性。現在辦公室裡人心惶惶，局長及局長以下的辦公室內大員都在場，萬一他們知道除了選舉的報導出錯外，竟然還有另外一個出錯的報導時，不知會有什麼樣的反應？說不定會火上加油，讓他們放大去看高梨的失誤。如果是這種結果的話，或許高梨會受到嚴重的懲罰，甚至被逼到難以挽回的狀況下。

不管怎麼說，應該下午一點才進辦公室的高梨，現在卻出現在辦公室裡接聽民眾的抱怨電話，是一件很不自然的事。高梨再次對電話裡那個大聲罵人的男人道歉，然後掛斷電話，悄悄地逃出風聲鶴唳的辦公室。

4

接近上午十一點的時候，高梨再度來到『旭』藝廊。這次他拿在手上的，是知名糕餅店的禮盒。

玻璃門開著，入口處有一張雕刻著花紋圖案的古董桌，桌上有數張印刷品，那是以彩虹的照片做為背景的簡介。『彩虹和雲相遇的時候』。門外的牆壁上有一幅彩虹的面板照片，和一張大概是須貝清志的人的半身照照片。看樣子今天好像也有個展。

高梨覺得好像看到了光明。

他懷抱著滿滿的期待，踏入建築物的裡面。建築物裡的圓椅子旁邊，坐著一位下巴蓄著鬍子的中年男子，正抽著菸卷。這個人應該是這裡的經營者吧！高梨邊走邊這麼想著。

『對不起，打擾了。』

高梨非常鄭重地打招呼。

『歡迎，請進。』

『啊，我是那個……』

知道高梨是縣民新報的人後，那位自稱是吉田的男人爽朗地笑了。

『哎呀，原來是新報的人。因為你們的報導，讓這個個展不得不多展出一天。』

高梨聽到他這麼說，也被感染地笑了。歡喜的感覺也遍及了全身。

『這樣嗎？那麼今天也會繼續展出須貝先生的作品了？』

『沒辦法了，因為無人不知的新報要我們多展覽一天呀！』

『太好了。』高梨情不自禁地吐露心裡的感覺。又說：『啊，這個請收下。一點點小東西而已，表示我們的歉意。』

『不好意思，那我就收下了。』

『請不要客氣。我現在終於可以鬆口氣，感覺上好像從地獄來到天堂。』

這確實是高梨內心裡的感受。但是，他突然又擔心起來，便接著說：

『您的意思是，因為我們的報導，有客人來參觀了，所以只好無可奈何地繼續展出嗎？』

『啊，不要擔心。確實是因為新報的報導才決定延長展出的，但是——』

吉田又開始笑了。他繼續說：

『我這裡是十點開門的。但是從剛才到現在，只來了一個垂頭喪氣的客人。看新報的人似乎沒有很多呀！』

如果不是在這樣的情況下聽到這種話的話，高梨一定會覺得很沮喪吧！

『吉田先生。』高梨想到另外一件令他擔心的事情，便說：『須貝先生對這件事情……』

『啊，他還不知道這件事情。因為還沒有和他取得聯絡。他在昨天展覽結束的慶功宴裡喝太多了，所以現在還在睡覺。』

『知道我們的報導錯誤後，他會很生氣吧？』

高梨試探性地說。但是吉田立刻搖搖手，說：

『我想應該不會。他的個性很爽快，或許反而會因此而覺得很高興。昨天晚上他還發牢騷，說什麼請記者來採訪，結果卻沒有做報導！』

『對不起。』

『啊，沒有關係啦。雖然太晚刊出，但終究還是有見報了。』

吉田很開心地說，並且又笑了。

吉田的樣子很不錯，但是因為蓄了鬍子、鬍子花白的關係，所以看起來好像有五十幾歲。可是他說他和須貝是高中時候同年級的同學，所以應該才四十三歲而已。

至於須貝，從掛在外面牆壁上的照片看來，他是一個外貌年輕、五官清楚的帥哥。健身中心日光浴燈所創造出來的小麥色皮膚上，戴著金色的項鍊。不論是他的打扮，還是緊盯著照相機的視線，在在讓人覺得他大概是一個相當自戀的人。

『須貝先生是怎麼樣的人呢？』

因為高梨等一下想去登門拜訪須貝，親自向他道歉，如果現在能夠多了解一些他的事情的話，是最好不過了。雖然吉田面帶笑容、非常痛快地接受了新報報導錯誤的事，但是須貝未必和吉田一樣。

『和照片上的人一樣。他常說：我在追趕彩虹。』

『什麼意思？』

『他是一個只知道追求夢想的人。他十九歲的時候得到一個攝影雜誌的「努力獎」，從那時起，他就自命為攝影師。』

高梨看著掛在牆壁上，大約二十幅左右裱好的照片——從各種不同的角度拍攝下來，雲與彩虹組合在一起的照片。要拍下這些不知道在哪裡拍到的照片，絕對不是一件容易的事情，但是，這裡面確實沒有足夠吸引人，讓人看到後會感嘆『啊！這個好』的作品。如果要用一句話來評鑑這些作品的話，大概可以用『畢竟還是沒有跨出外行人的領域』這句話吧！

高梨的視線回到吉田的臉上。

『除了拍照外，他還有做什麼事情嗎？』

『這個嘛——』

須貝過了四十歲以後，仍然沒有固定的職業。他住在父母留給他的一間破房子裡，手頭一有錢，就帶著照相機四處去拍照，雖然結過三次婚，卻每次都以離婚收場。但是儘管如此，他的手上就是有一些自稱是他的攝影迷的女性，因此他拍的照片還挺好賣的。

『雖然是一個被女人喜歡的男人，卻不是一個可以和女人一起生活的男人。他就是這種男人的寫照。』

吉田大聲地笑著說。

高梨表示要到須見的住處登門道歉，於是吉田便拿了一張和擺在門口桌子上一樣的明信片給高梨。這是一張印有攝影師地址的明信片，上面註明的『工作室』應該就是吉田口中說的，須貝現在住的破房子。吉田說須貝家裡的電話因為沒有繳電話費的關係，已經被停話了，和他聯絡的唯一方法就是手機。於是高梨當場打了手機的電話號碼，但是還是沒有打通。

高梨再三道謝後，才離開『旭』藝廊，然後開車前往須貝的住處。

開車不到十五分鐘，就到須貝住的地方了。那是一棟兩層樓木造房子，牆上的木條已經腐朽，看起來有點像荒廢的神社，透著幾分淒涼氣氛。

這棟房子沒有大門，從外面的馬路上走不了幾步，就已經站在玄關口了。高梨看了看掛在玄關口上，以羅馬字拼出來的名牌，確定確實寫的是須貝無誤。玄關門應該是重新做出來的，因為這扇門看起來有點新，而且是西式的門，門上還有一個插入式的信箱口。現在這個信箱口上正好塞著一份報紙。是縣民新報。寧可電話被斷線，還持續訂報紙。若是把這種情形說給報社裡的主管聽，他們一定會非常高興。

高梨按了門鈴，但是半晌都沒有人回答。

高梨不死心地再按了一次，並且豎起耳朵仔細聽。門鈴上的螺絲鬆了，蓋子也掉了，但是確實還是有鈴聲。

是不在呢？還是還在睡覺？

高梨突然停止按門鈴的手指，因為他想到吉田說過的話：須貝昨天晚上喝了不少酒。原本睡得很熟的人，突然被勉強叫醒，一定會很火大吧？那就麻煩了。報紙塞在信箱口，等他睡醒，看了報紙後，一定會立刻打電話給報社的，那麼一切的努力就白費了。

高梨從口袋裡拿出手機，再打一次給須貝，仍然沒有打通。是關掉電源嗎？還是他現在正在接收不到電波的地方？

面對馬路的窗戶裡的窗簾是放下來的，看不到窗戶內的情形。高梨轉頭來回地看著四周。屋簷下有一輛排氣量五十ＣＣ不到的機車。如果這輛機車是須貝生活中的『腳』，那麼他現在應該還在睡覺沒錯。

不……也不一定。說不定昨天晚上喝多了之後，並沒有回來這裡，而是和他的某一位女攝影迷去了哪裡的旅館。高梨的腦子裡不禁浮起這種想法。

看看手上的錶，已經超過十二點了，是非去上班不可的時間了。

留一張紙條吧！想到這裡，高梨立刻摸摸口袋。胸前的口袋裡有筆，但是他平常沒有帶記事簿的習慣，所以沒有便條紙。對了，用名片……可是，轉為內勤、做編輯整理工作以後，平日根本用不到名片，所以整盒名片幾乎開也沒開地放在抽屜裡。還好，他想到皮夾裡還夾著一張當記者時期的名片。一直把那樣的名片夾在皮夾裡，是因為對記者的工作還有依依不捨之情，沒想到現在卻派上用場了。他快速地在名片的背面書寫著：

『非常抱歉來打擾。我誠心接受您的責備，請打電話給我。』

接著，他畫掉名片上記者部門的電話號碼，然後在公司代表號的旁邊寫上編輯部分機號碼。

高梨取下塞在信箱口的報紙，打開到地方版的那一頁，夾上名片，再把報紙摺疊好，很謹慎地塞回信箱口。

好了。高梨覺得這樣很完美了。

就算須貝昨天晚上外宿，還沒有回到家裡來，會告訴他報導錯誤這件事情的來源只有兩個地方，一是他自己家裡的報紙，另一個便是『旭』藝廊。

高梨發動車子前進。

他的臉頰慢慢地鬆弛了。報社此時已經一片混亂，應該沒有人有餘力來發現地方版的這個錯誤；所以知道這件事情的人，只有高梨他自己和手塚理繪了。

想到手塚理繪，照後鏡裡的雙眼中的笑容便消失了。

5

編輯部門裡的空氣很沉重。

因為不斷有人打電話進來抗議，所以不管是主編還是負責各種編輯事務的人，都因為應付這些電話，而無法做正常的工作。為了解決這樣的問題，便調動了五個外勤的記者來當對策委員，因應這個局面。這五個人都是各條新聞線路的新人，也全是第一年當記者的人。Y支局的湯澤紅著臉，也是這五個人中的一個。

『果然是他寫錯的。』

坐在高梨旁邊的串木小聲說著。

因為是造成錯誤的罪魁禍首，所以被主管單位派出來面對問題，頗有『斬首示眾』的意味。高梨沒有多說什麼，只是坐下來攤開規定用的格式紙張。他已經決定好，今天要全力投注在工作上了。

手塚理繪不在對面的位置上，今天她上兩點鐘的班嗎？……正在這麼想的時候，身邊就傳來熟悉的聲音。

『好像還沒有被發現呀！』

像耳語般的這句話，讓高梨的身體僵硬起來。理繪的臉靠得非常近。可是，就在下一瞬間，理繪已經轉身，背對著高梨，一邊甩動長髮，一邊走向主編的桌子，去拿她今天負責處理的原稿。

高梨想盡快排除心中的大石頭。

算好理繪走回來的時間後，他離開自己的座位，走到編輯區和整理區的中間那附近，然後出聲叫住理繪：

『喂，來一下。』

『什麼事？』

『妳過來就是了。』

高梨走出編輯部門，稍微等了一下後，便邀理繪到位於一樓的自動販賣機區，找了椅子，並肩坐著。

理繪一臉正經，看起來好像在生氣的樣子。

『謝謝了。』

『什麼事？』

她的聲音很硬。

請不要把我失誤的事情說出去。高梨想對理繪這麼說，他認為理繪應該會喜歡這樣直接說清楚的態度。

高梨勉強地擠出笑容，說：

『想吃什麼嗎？』

『唔？』

『什麼都可以，上昂貴的餐廳也可以。』

『……』

『怎麼了？喜歡什麼儘管說。』

眼睛看著別的地方的理繪閉上眼睛。當她的眼睛再度張開時，眼眶裡含著淚水。

高梨嚇了一跳。

『怎、怎麼了？』

高梨下意識地把手伸出去，但是理繪站起來，用力把高梨的手擋回去，然後邁開腳步，跑上樓梯。高梨連忙起身追趕，但是理繪已經猛然跑進女廁所，消失了身影。

無可奈何之下，高梨只好回到自己的座位上。

串木眼睛透著幾分笑意地說：

『不要打情罵俏吵架呀！』

『唔？』

『辦公室裡的婚外情是不可以的唷！』

『笨蛋！你在胡說什麼？』

『你才是笨蛋。手塚對你有意思，所以才會有事沒事地講一些刺激你的話，引起你的注意。』

高梨想都沒想過會有這種事情，就算想過，也不會想到竟然是手塚理繪。

我沒有告訴別人這件事——

高梨想起昨天晚上理繪在電話裡說的話。她已經說過沒有告訴別人了，自己現在卻為了要她不要說出去，想要收買她，諂媚地邀請她上餐廳……

大約過了三十分鐘後，理繪才回到座位。

她低著頭，緊閉著嘴，一直沒有把頭抬起來。

高梨覺得背脊發涼。

理繪的個性很強悍，這是誰都知道的事情。如果真的如串木所說，那麼以最糟糕的形式踐踏了這番好意的高梨，會遭受到她何種報復的行動呢？高梨無法預測。

她會把事情說出來嗎？……

高梨坐立不安，他雖然想專心於工作，不要去想理繪的反應，但是理繪就坐在他的對面，無論如何他都無法視而不見。

下午五點過去了，七點也過去了，理繪仍然一句話也不說，她好像一點也不想說話了。像戴著面具、面無表情地面對著電腦編輯系統的女人，老實說比一顆炸彈更讓人害怕。

接近截稿時間的八點時，高梨眼前的電話突然響了。他反射性地拿起聽筒。

（我是須貝。）

高梨一時之間有點反應不過來。因為一直在意理繪的反應，心裡頭的其他不安便暫時被拋到腦後了。

（你是高梨先生吧？我看到你留在名片上的電話了。）

啊！高梨想起來了。

『是的，我是高梨。』

（你是怎麼搞的？）

這是不懷好意的聲音。

高梨以手掩著聽筒的說話口，壓低了聲音說：

『請您原諒。真的非常對不起。』

（不行，你們一定要好好道歉才行。）

這句話讓高梨的心跳加速起來。

『要怎麼做……』

（在明天的報紙上登更正啟事。）

高梨覺得天旋地轉。

『可是，這個有點……』

（怎麼樣？不登嗎？）

『不是的，我沒有說不登，只是……個展不是已經結束了嗎？』

（和這個無關吧！既然有錯，就必須登更正啟事。）

高梨無話可說了。

『他的個性很爽快，或許反而會因此而覺得很高興。』——這是『旭』藝廊的吉田對須貝的看法。但是電話裡的這個人的反應，和吉田說的完全相反。

『九點過後我就有空了，我會親自到您府上，向您道歉的。』

（你不必來。還有，你為什麼聲音那麼小？不能大聲一點說話嗎？）

高梨好像又被重重擊了一拳。

『對不起，因為這裡是工作的地方，所以……』

（你是什麼人？）

『唔？……』

（應該有個職銜吧？是課長？還是股長？）

『啊，這個嗎？我們這個單位不這樣稱呼，但是我拿的是股長的待遇。』
（那麼，就把你的上司叫過來。）
又是一陣天旋地轉。
『請原諒，這件事情是由我負責的。』
高梨覺得大家都在看他了，便不自覺地把背拱起來。
『總之，我會去府上拜訪的。』
（我剛才就說過不用來了。叫你的上司過來說，不登更正啟事的話，我就去你們報社理論。）
萬事休已！高梨忍不住閉上眼睛。
看來這件事怎麼樣也瞞不住了。
他張開眼睛，看著編輯整理部。整理部的蒲地低著頭在工作，非常疲憊的樣子。因為選舉報導出錯的關係，他已經被上面的人釘得滿頭包了——
高梨向蒲地打個招呼後，就把電話轉給蒲地，手還微微發著抖。
雖然沒有特別去留意蒲地到底和須貝講了多久的電話，但是高梨覺得他們講了很久。
『高梨！』蒲地放下電話後站了起來，滿臉怒氣地叫喚高梨，並且說道：『你這個混蛋！搞什麼呀！』
高梨也站起來，說：

『對不起……』

『現在馬上就去！去求他不要登更正啟事。就算要你跪，你也得跪！』

『可是……版面還沒有處理好。』

『你能處理好什麼？去拜託手塚處理。她做得比你好一百倍！——快去！』

高梨拖著不聽使喚的腳，離開自己的桌子。他沒有去看理繪的臉。她的臉上是暗自高興的表情呢？還是擔心的表情呢？他都不想看。

車子飛快地駛過黑夜的縣道，不到三十分鐘，就抵達須貝的住處。

兩層樓的房子黑漆漆的，沒有一扇窗戶有燈光。

信箱口的縣民新報已經不見了。

按了好幾次門鈴都沒有人來應門。

那輛排氣量五十ＣＣ不到的機車，也還在屋簷下。但是屋子裡好像一個人也沒有。或許是有人開車來載須貝出去喝酒了。

高梨改用拳頭敲門，他用力地敲著。

這棟兩層樓的房子仍然安安靜靜的，一點回應也沒有。

第二天早上的縣民新報上登了兩則更正啟事。但是——

這件事情並沒有因此結束。

6

十天後。

自稱是攝影師的須貝清志被發現死在自己的房子裡。

高梨知道這件事的原因，是因為有兩個刑警去他家拜訪。結果他還被要求到警察局做說明，在警察局裡接受了幾乎一整天的盤問。原由是須貝的房子的起居室裡，有一張高梨的名片。高梨雖然費盡唇舌地解釋名片為什麼會出現在那裡的原因了，警方仍然一副懷疑的態度。

晚上八點以後，高梨終於被盤問完畢，離開了警察局。負責跑警察局的記者久保木在警察局的後門等他。

『喂，不會把我當成嫌犯吧？』

高梨坐在駕駛座旁邊的位置上，非常不以為然地說。在警察局裡被盤問了八個小時以上，讓他的腦子裡已經一片混亂，根本無暇感受須貝的死所帶來的驚嚇。

『只是把你當成證人。我已經拜託調查一課和宣傳部門的人，千萬不要把這件事透露給別的報社知道。』

久保木一邊說一邊發動車子。久保木小高梨三歲，高梨當體育記者時，久保木也是體育記者，兩人曾經一起工作過。

『已經進行解剖了嗎？須貝是什麼時候死的？怎麼被殺的？』

高梨在調查室被警察盤問時，也曾經問警察數十次這個問題。

『推定的死亡日期是一個星期到十天前。死者的胃裡沒有食物，這表示被殺死的時間離最後一次進食的時間相當長。另外，他是被勒死的。兇手以兩隻手從正面勒住他的脖子，殺死了他。』

久保木保持一貫的冷靜。但是他的冷靜並無法壓抑高梨的激動。

『十天前嗎？那不正好是我去須貝家的日子嗎？因為這樣所以懷疑我嗎？可是他不在家，我根本沒有見到他。不，或許他在家，但是沒有開門出來見我。真可惡！』

『我剛才說過了，警方現在只是把你當成證人。』

『我已經把我知道的事情全都說了呀！那個刑警——他說他叫山瀨，你認識嗎？』

『不認識。』

『他一直說我和受害者有爭執。沒錯，確實是有點爭執，但是不過是爭要不要登出更正啟事這種事。誰會為了這種事殺人呢？沒有道理嘛！』

『剛才說過了，警方目前只是把你當成證人。』

『有鎖定什麼目標嗎？』

『已經傳喚了好幾個女人。』

『是嗎？因為他有好幾個女性的支持者——啊，前面的十字路口要右轉。』

高梨雖然這樣指示，但是久保木並沒有右轉，而是繼續直行。

『上面的人要我先回去報社。』
『我也要一起嗎?』
『嗯。』
『有什麼事嗎?』
高梨想趕快回家,舒舒服服地洗一個澡。
『叫我和你合作,把稿子寫出來。』
高梨轉頭看著久保木的臉,問:
『這是什麼意思?』
久保木的眼睛看著前方,說道:
『因為警方還沒有對外公佈,所以別的報社不知道那天晚上你和須貝志清志通電話的事。也就是說,我們報社將擁有「獨家」。例如:「二十六日晚上八點以前還活著」,或「八點以後遇害」。』
高梨覺得好像有一桶冰水從天而降。
從那一天以來的這十天,辦公室就像地獄一樣令他痛苦。全編輯部門的人都知道他犯了錯,還想隱瞞犯錯的事情。不過,這一點還好,畢竟這是他自己決定的行為,最難堪的是蒲地對他說的話。蒲地在眾人面前大聲說:已經在報社待了十六年的他,在工作的能力上竟然還不如進報社第二年的理繪——

這讓他太沒有面子，他覺得自己在報社裡已經失去了立足之地，因此很嚴肅地考慮過辭職的問題，上司們對他的想法應該也略有所感。可是，現在竟要把他的錯誤所帶來的『副產品』，視成『獨家』的來源，命令他在接受警察八小時的盤問後，立即回報社。

高梨覺得很無力，但是憤怒的感覺比無力感更嚴重。

現在的他不是記者，也不是整理編輯，只是一個公司職員。

已經看到縣民新報大樓的燈光了。

高梨嘆了一口氣，說道：

『久保木，好好寫吧！把你知道的事情全部寫出來。』

7

他們兩個人待在六樓的值班室裡。

『命案是什麼時候被發現的？』

高梨一邊打開自己的記事簿一邊說。外保木也已經翻開他的筆記本了。

『天亮的時候被一個女人發現的。』

『女人？』

『嗯。一個叫做石野智惠子的女人。她先是以匿名的方式，用手機撥打一一〇報案，然後就回去自己的家裡。可是這種非正式的通報還是讓她暴露了身分。她好像和須貝有不正常的男女關係，所以擁有須貝家的鑰匙。』

『那個女人有嫌疑嗎？』

『須貝是正面被勒死的。一個女人很難完成那樣的事情吧？』

『那麼，兇嫌是她的丈夫嗎？』

『她的丈夫有不在場證明。二十六日下午起，他在札幌待了四天。』

『那麼兇手會是誰呢？』

『目前這個階段還無法鎖定任何對象。』

『有東西被偷嗎？』

『看不出有那種痕跡。不過，須貝的手機不見了。』

『被兇手拿走了嗎？』

『這就不清楚了。』

高梨抬起頭來，問：

『從推定的死亡時間看來，須貝被殺死的時間是在和我講過電話以後，到二十九日之間嗎？』

久保木歪著頭說：

『我認為是你們講過電話後，到第二天的早上之間。』

『為什麼這麼認為？』

『二十六日的新報在起居室裡，而那篇報導……』
久保木突然住嘴，高梨便接著說：
『報紙被打開到登著他的個展報導的地方版？』
『沒錯，而且起居室的桌子上面還有你夾在報紙裡的名片。不過，二十七日起的報紙，就全部掉在玄關的內側，沒有被拿走。』
『你的意思是全部掉在門裡面的信箱口下嗎？』
『是的，完全沒有被拿走。』
『因為那時須貝已經被殺死了。』
『嗯。難道是……』
久保木陷入沉思之中。
『怎麼樣？』
『高梨兄，你和須貝通過電話後，去了須貝的家，是嗎？』
『是的，我去了他家。』
『他的房子裡一片漆黑，按了門鈴也沒有人回應？』
『沒錯。』
高梨一邊回答，一邊覺得背脊發涼。
久保木的想法是：須貝晚上八點打電話到縣民新報後，在高梨到達他家以前，遭到殺害——

高梨覺得不太對勁，這種感覺和那天看樣張時很類似。

久保木把高梨的思緒拉回來，問：

『你到須貝家時，大概是幾點鐘？』

『從報社到須貝家，大約只花了三十分鐘不到的時間，所以我想我是九點以前就到須貝家了。』

『三十分鐘……有那種可能性吧？』

『有可能。』

『那麼，我——』

久保木突然站起來。

『你要去哪裡？』

『去外面轉轉。我有點在意和石野智惠子的有關調查。』

『稿子怎麼辦？』

『麻煩你幫我寫吧！』

或許這是久保木擔心高梨可能涉嫌的表現。

久保木走了，留高梨一個人在值班室裡。久保木的筆記電腦和案件概要，就放在桌子上。

高梨面對著筆記電腦，他已經有好長一陣子沒有寫稿子了。

沒想到寫稿子竟然還真不容易。好不容易寫了一半左右時，值班室的門突然被打開了。手塚理繪表情僵硬地出現在門口。她的手裡拿著上面盛著咖啡杯的托盤。

『要喝嗎？』

『嗯。』

這是他們十天以來的第一次交談。

理繪要出去時，回頭對高梨說：

『那一天很抱歉。因為我突然發現原來我是有點讓人討厭的女生，所以才會那樣失態。』

她瞇起新月般的眼睛，但是怎麼看都看不出她有笑意。

『高梨先生，您寫稿子時的樣子特別好。我覺得您還是適合當記者。』

高梨的視線回到電腦的螢幕上。

他很專心地敲著鍵盤，終於完成了稿子，也仔細地再看了一遍，然後拿起內線電話的聽筒，撥了理繪桌上的內線電話號碼。

（喂，這裡是整理部。）

『啊，我是高梨。謝謝妳的咖啡。』

高梨很快地說著，但是電話那頭卻沉默著。過了一會兒，才傳出聲音：

（這個——我是金井，手塚小姐現在不在座位上。）

高梨紅著臉掛斷電話。就在他的手離開電話聽筒的那一剎那——

不安的感覺襲上他的心頭。開始的時候，他搞不清楚為什麼會有這樣的感覺。

接著，他渾身發抖起來。

讓他發抖的理由化為語言，跑過他的腦海。

高梨張開眼睛。

原來如此嗎？

那通抗議電話真的是須貝清志打來的嗎？

『他的個性很爽快，或許反而會因此而覺得很高興。』——這是『旭』藝廊的吉田說須貝清志知道報導錯誤時，可能會有的反應。可是高梨接到那通抗議電話時，覺得須貝清志的反應根本和吉田說的不一樣。因為那通電話根本不是須貝清志打的。

二十六日晚上去須貝清志家按門鈴時，因為當時須貝清志已經死了，所以當然不會出來應門。

還有，那天的白天從『旭』藝廊去須貝家時，按了門鈴之後，也沒有人來應門。那時那棟房子也是靜悄悄的。

因為當時須貝已經死了……

高梨陷入深思之中。

8

三十分鐘就足夠完成一個故事了。

高梨打電話到久保木的手機上。

（什麼事？）

『二十六那天的早上石野智惠子的丈夫有不在場證明嗎？』

（沒有。）

『請你回來一下。』

高梨掛斷電話後，點燃了一支香菸。

他知道了。這個事件中，兇手利用他，製作了不在場的證明。

真相應該就是這樣沒錯——

智惠子的丈夫懷疑妻子有外遇，卻不知道外遇的對象是誰。但是那天個展的報導，讓這個對象曝光了。彩虹與雲。『旭』藝廊的吉田說過，須貝的女性攝影迷會買須貝的攝影作品，那位智惠子一定也擁有須貝的作品。『丈夫』看到妻子購買的攝影作品，再加上那篇報導，終於知道妻子外遇的對象。

『丈夫』於是去了『旭』藝廊。而吉田口中所說的『垂頭喪氣的客人』，一定就是智惠子的丈夫吧！智惠子的丈夫從藝廊那裡拿到了個展的簡介，知道了須貝的住處後，就去須貝家找須貝理論。結果雙方在起居室發生了激烈的爭執，終於引發了命案。因為兇器不是刀子，也不是什麼繩索，所以可以猜測智惠子的丈夫並非一開始就蓄意殺人，而是無法控制當下的憤怒，因此以自己的手勒死了須貝。

失手殺人，成為殺人犯的智惠子丈夫當時一定很惶恐，而高梨正好在這個時候去到須貝的住處。於是他便躲起來，從柱子後面看著門鈴響個不停的玄關，也看到信箱口的報紙被抽出去，又塞進來的情況。高梨死心離開須貝的住處後，他便打開報紙，看到了高梨的名片。因為之前他已經從吉田那裡得知縣民新報報導失誤的事了，於是有了利用這件事製造不在場證明的想法。

那天晚上，高梨在縣民新報的辦公室裡接到的抗議電話，其實是他從札幌打來的，目的就是為了讓人覺得『須貝還活著』；而且不僅向高梨強烈地要求刊登更正啟事，也對蒲地說了相同的話。這通抗議電話或許可以視為是重要的物證吧！

高梨抬起頭。

從走廊那邊傳來的腳步聲愈來愈接近。

把自己的想法告訴久保木，處理得當的話，就是一條醒目的獨家新聞和報導。

外面的人……

高梨沒有把這個獨家新聞據為己有的想法，浮現在他的腦子裡的，是一條標題：

『發現妻子的婚外情　莽漢憤而行兇』

平淡無趣，一點也不會引起人產生興趣的標題。一定又會被手塚理繪嘲笑吧？高梨看著眼前的咖啡，忍不住這麼自嘲著。

祕書課的男人

1

上午九點半了。

空間裡有一些聲音，但那並不是門開關的聲音。縣長室的『在室中』與『會客中』的燈仍然亮著。

倉內忠信的視線回到自己的手上，並且繼續查閱攤開在桌子上的縣民投書。這個工作和決定事情一樣，是他每天早上必須先處理的事情。

縣民寫給縣長的信，一定先經過縣長辦公室祕書課的過濾，才會送到縣長的手中；而送到祕書課的縣民投書，又必須先經過宣傳公共關係組的篩選，才會到達參事兼課長的倉內忠信手中，經過倉內的選擇後，才呈獻給縣長。縣長不僅是一縣的行政首長，同時也是政治家，他的一句話，可以是手下人一天的維他命，也可以是讓手下的人胃酸過度分泌的異物。

為了兒童們，請早日成立昆蟲森林公園。

這個好。『老闆』會喜歡這種投書的。

今年春天編列預算時，就已經給『昆蟲森林公園』的建設計畫編列調查費了。縣民們的強力推動，就是預算執行者的最大助力，所以這個計畫已經開始活動起來了。

強烈希望片山地區的巴士路線能夠繼續營運。

真的很可憐。

不管投入多高的補助來維持路線繼續行駛，偏遠農村的公共汽車營運仍然連年虧損，因為只有除了公共汽車外，沒有辦法使用別的交通工具的少數老人們，會搭乘那些路線。對許諾要維護地區基礎設備的『老闆』來說，這樣的投書會讓他感到很為難。不管怎麼說，現在才是一天的開始，老闆也不想一開始工作，就看到這種讓人頭痛的投書吧！

縣政府公家機關的車子，應該都改用電動車，至少也應該換成低公害的車種。

倉內輕輕地點了個頭，表示內心的贊同。這封可以做為今天早上的重點投書吧？老闆會喜歡這種提議。汰換公家用車的問題，早就在各部門的聯絡調整會議上有過許多次的討論了。

『課長——』

踩著高跟鞋進來的人，是皺著眉頭的蓮根佐和子。她和倉內一樣五十二歲，七年前開始擔任縣長的特約祕書，負責管理縣長的行程。蓮根佐和子原本在縣立女子大學教鄉土史，是一位兼任的講師，因為某一次的新聞三人對談，而被老闆賞識，網羅為祕書。

『裡面還沒有談完嗎？』

佐和子輕輕地指著縣長室的門，小聲說著。聽得出她聲音裡著急的味道。已經九點五十分了，縣長十點半要出席環境衛生同業公會的年度總會，所以時間上確實有點緊迫了。

『我想應該快要出來了……』

倉內模稜兩可地說。那位赤石縣議員說了一聲『打擾一下』後，就進去縣長室，現在已經過去三十分鐘了。明年又有縣長的選舉，對想要挑戰第三次當選的老闆而言，當然少不了要和縣議會裡的大派系『誠心會』的領導密談一番。在縣議會裡能和『誠心會』對抗的，是縣議會的第二大派系『一新會』。『一新會』這次要推舉有力人士，出來和『誠心會』支持的人選對抗的情報，早就傳開來了。

『衛生公會之後的行程是什麼？』

『和醫師工會的會長真田先生吃午飯，然後一點半要去為一百公里的健行鳴槍——』

佐和子不用翻看記事簿，就能把縣長當天的行程一一說出來。

兩點半要參加縣民音樂會館的開工儀式，三點要參加公共安全委員的任命典禮，四點要參加國際交流協會職員的餞行會，五點有特產品的試吃會——

縣長今天預定的活動行程排到晚上八點為止。因為縣長身上的公職頭銜將近一百個，需要縣長出席的活動多到難以安排，所以說當縣長的老闆，根本沒有星期天，也沒有休假日可言。

『誰會陪縣長和真田先生吃午飯？』

『桂木。』

倉內的心好像被人揪了一下。

倉內看了辦公室內一眼。辦公室裡約有十個祕書，穿著好看的淺駝色西裝，正在與人講電話的，就是桂木敏一。他的主要工作是負責政策調查，波士頓大學畢業，現年三十五歲——

倉內回頭看著佐和子，說：

『請交代他：別忘了吃完飯後要立刻給縣長吃胃藥。縣長的胃最近的狀況不太理想。』

『知道了。』

『縣長已經同意做健康檢查了嗎？』

『他已經說「好」了。』

『嗯。我會再和他說說看的。還有，他什麼時候有時間做檢查呢？』

『目前挪得出來的時間是下個月的十號和二十一號，但是不能在醫院裡過夜。』

『那就十號那一天吧！我會請醫院方面做安排的。』

『好。』

倉內伸長脖子，視線越過佐和子的肩膀上方，看到一張熟悉的臉。是穿著灰色工作服，『牧野電子』公司的社長牧野昭夫——

『牧野先生有什麼事嗎？』

倉內出聲詢問。牧野已經有一頭白髮，但是這頭白髮現在亂七八糟的。這個模樣就出現在人面前，讓人覺得他的出現很不尋常。

『我想見縣長。』

牧野兩手扶著倉內的桌子，張大眼睛，呼吸急促地說著。

『發生了什麼事嗎？可以讓我為您解決嗎？』

這是倉內一天內要說好幾次的台詞。他一邊說，一邊站起來，並且以表情和手勢，示意牧野到個別談話室。

『不，我要見縣長——』

『請先到這邊來。』

祕書課是通往縣長室的關卡，這是理所當然，不用說也知道的事情。倉內右手委婉地拉著牧野如枯木般的手臂，然後用空下來的左手推開個別談話室的門。牧野蹣跚地踏入個別談話室後，就像消了氣的汽球般，頹然坐在沙發上。

『社長，發生了什麼事嗎？』

不能對牧野太冷淡。倉內雖然在商工勞動部待過一段相當長的時間，但卻直到三年前的縣長選舉時，才能把牧野的名字和長相連在一起。牧野是老闆的熱情支持者，在上次的縣長選舉中，全公司一百七十位員工和家族全員，全部投給了『四方田春夫』。

『一切都化為烏有了。』牧野尖聲說著：『倉內先生，您知道我們三年前去台灣投資的事吧？』

『知道。』

『結果什麼都沒有了。我們被騙了。』

『被騙？被誰騙？』

『還用說嗎？當然是七海呀！七海電子學。真的是太可惡了。』

不能讓他和老闆見面！

倉內當下就做了這樣的決定。

『七海電子學』是Ｓ縣的核心企業，也是老闆選舉時的大支柱。這是一個旗下有三萬名員工的企業，可是牧野卻和它鬧翻了。

『讓我和縣長見面。』

『縣長今天的行程已經排滿了。』

『只要幾分鐘就可以了。』

『對不起，真的沒有辦法挪出時間。』

『那麼，請您轉達一下我的意思。』

牧野十指交叉，上半身向前傾，說：

『我對我自己公司的產品非常有自信，我們所組裝的液晶螢幕，可以說是全世界最好的。但是，追根究柢我們仍然只是轉手承包的廠商，所以聽說七海的ＬＣＤ部門要擴展海外業務時，真是嚇壞了，因為我們可能因此就沒有生意了。所以，當七海要選擇擴展海外業務的夥伴，問我們是否要參加擴展海外業務時，我便立刻決定要參與，還向銀行借了四億圓，準備擴展台灣的業務。七海當時也答應會全力支持，還說在核算基礎之前的開始期間，會好好照顧我們在成本上的問題。可是，結果呢？連我們直接買進的零件費用，都不願意支付；不管我們怎麼拜託要求，他們都不理會。』

『請等一下。』

倉內伸手攔阻牧野繼續說下去。激動地說著話的牧野嘴角，已經像螃蟹的嘴巴一樣，冒著白色的小泡沫了。

『牧野先生，我知道您很生氣，但是，您也知道吧！把您們和原承包商之間的糾紛拿來請縣長處理，會造成縣長很大的麻煩的。這種事情還是應該由您們雙方自行調解比較好。不是嗎？』

『雙方？倉內先生，我想您真的是一點也不了解，如果我們和七海還能商量的話，我就不會來這裡了。他們根本是惡魔。誰能和惡魔商量事情？我希望縣長能告訴七海的相澤社長，不要欺負轉手的承包商，應該要好好照顧承包商才對。如果縣長能對他們說這些話的話，他們應該——』

牧野突然住嘴，把手伸進工作服的口袋裡。他的手機響了。

從他還沒有說話就先皺眉頭的樣子看來，倉內直覺地認為這通電話一定和資金的問題有關。

倉內的視野裡突然浮現一張白色的便條紙。

便條紙上面只有兩個字。

謝謝——

因為感覺牧野要站起來了，倉內的注意力才又回到牧野身上。『我會再來的。』牧野有點失神地留下這句話，然後移動乾瘦的身軀，走出個別談話室。

倉內也走出個別談話室。他才要走回他自己的課長位置，站在縣長室門口的佐和子出聲問他：『什麼事情？』倉內知道佐和子並不是真的想知道牧野的事情，只是隨口問問而已，因為她瞇著眼睛，不斷來回看著手錶和『會客中』的燈。

如佐和子所願般的，縣長室的門開了，祕書課辦公室的氣氛也一下子緊張了起來。

赤石縣議員穿上西裝外套，輕鬆自在地走出縣長室。四方田縣長有點油膩的臉龐就在赤石議員的背後。四方田好像在招呼計程車一樣地舉起手，說：

『過來一下。』

倉內立刻站起來。但是，視線不對——四方田的視線越過倉內的肩膀上方，看著更裡面的地方。

『馬上就來。』

這是桂木的聲音。接著，穿著淺駝色西裝的桂木，走過倉內的身邊，走進縣長室裡。

佐和子把握時機，連忙開口說：

『縣長，再不走的話，就來不及參加衛生公會的年度總會了。』
『我還要交代一些事務，三分鐘就好。』
四方田厭煩似的說道。桂木一走進縣長室，縣長室的門就會立刻關上的。
倉內趕在門關上前，說：
『要交代事務的話，那我也——』
『你就不用了。』
縣長拒絕倉內的聲音，和關門的聲音同時進入倉內的耳朵。
縣長的那句話很簡短，辦公室裡的其他人好像都沒有聽到。縣長室的門一關起來，祕書課辦公室裡的緊張氣氛就解除了，年輕的課員們開始小聲地說話。
你就不用了？……
倉內坐下來，眼睛看著手邊的縣民投書。因為他不想讓周圍的人發現自己的表情不對勁，所以這個動作維持了一段時間。

2

縣政府大樓餐廳裡有很多人。
倉內手裡捧著A套餐的盤子，尋找空位置。他知道有許多職員在注意他，把他看成是縣長的『影子』。這些對他行注目禮的職員當中，有人眼中露出微微敬畏的眼神，有人臉上浮現虛假的笑容，有人低下頭來裝著沒有看到他，也有人慌慌張張地起來表示要讓位。

倉內吃不下東西。

自己讓老闆生氣了嗎？事實上他沒有太多時間可以思考這個問題。『你不用了』。老闆拒絕倉田進入縣長室，說這句話時的眼神非常冷漠。但這冷漠的態度並不是今天才第一次發生的，前天也有過相同的情形了。當時老闆從外面回來，他對老闆打招呼，但是老闆卻無視他的招呼，看也不看他一眼。前一天他們還像平常一樣地閒話家常，聊工作與棒球，所以當時老闆的態度雖然讓他吃驚，他卻以為老闆大概是在外面遇到什麼不順心的事了，所以才會有那樣的態度。

結果今天又發生被老闆拒絕的情況——這是第二次的拒絕了，讓老闆不愉快的原因，極有可能就是自己。

是自己讓老闆生氣了。

不，那不是生氣，從老闆的眼神看來，那叫做厭惡。

老闆討厭自己了嗎？

倉內變得敏感起來，但是事實似乎就是如此。問題是：自己被厭惡的理由到底是什麼？

『課長，可以坐您旁邊嗎？』

倉內抬頭看說話的人的臉。是林務部長室裡的山村總務課長的助理，他一邊靠過來，一邊把手中的午餐托盤放在桌子上。

『今天的天氣好，讓人心情愉快。』

『唔……』

『植樹節的縣長文告檢閱完了嗎？』

『對不起，還沒有處理好。』

『啊，請不要誤會，不是在催您，只是因為看到課長了，所以就順便——』

山村一邊動筷子，一邊拉拉雜雜地述說林務行政的困難。山村是個厲害的男人。倉內知道山村正想透過自己，讓他現在說的這些話傳到縣長的耳朵裡。祕書課長說的話，就是縣長說的話——有不少職員確實是這麼想的。

倉內把吃不到一半的午餐連同托盤一起放到自助回收檯，然後倒了一杯熱茶，回到桌子邊坐下。他不能嘲笑山村，因為他現在正因為老闆的一句『你就不用了』，而嚇得方寸大亂。

已經五十二歲了……他雖然極力想以自嘲的方式來消除心中的不安，可是這個方法沒有用，他心中的不安情緒沒有因此而減少一分一毫。

他深切了解小心的重要性。從小，他就是一個順從父母與師長的小孩，但他也是一個希望能夠吸引別人注意的小孩，所以小學時代還曾經紅著臉，和同學競選班級幹部。可是，他想成為班級領導人物的欲望雖然比別人強一倍，卻缺少凝聚同學力量的本事。因為不管在讀書方面，還是遊戲、才藝方面，他都無法成為同學們的領導者。因為能力不如人，所以他變得愈來愈沒有自信心。進入國中、高中以後，他的表現和小學的時候一樣，沒有發生過任何讓他突破個性的戲劇性事件。因為知道自己總是贏不了，所以他養成逃避與人競爭的習慣。

直到進入縣政府工作以後，他才漸漸擺脫自己總是不如人的心結。在公家機關工作，就是在『做官』，這讓他逐漸甩開長久以來的自卑感。不，應該說『縣政府人倉內』的最佳武器就是『懂得小心』與『恭順的個性』，這兩個特點讓他贏回自信心。在那個不能說是菁英路線的工商勞動圈子裡工作時，倉內的成就確實比同期進入縣政府工作的人領先了半步或一步。對倉內而言，『做官』一點也不痛苦，甚至可以說是愉快的。他在這裡得到上司的信賴，成為上司的心腹或智囊。剛過四十歲的時候，他甚至想：這是最適合自己的生活方式了。

老闆肯定倉內的這種生活方式，所以六年前把他調到總務部，兩年後又把他提拔到縣長辦公室祕書課課長的職位。依照慣例，縣長室室長這個職位是空著的，所以倉內就是縣長直轄部署裡的首長，『做官』到底有什麼好滋味，他在這個職位上確實感受到了。縣長的權力很大，握有執行六千七百億預算的權限，有權處理S縣五千八百個公職人員的錄用與升遷，可以行使超過三千件的許可權，而倉內就在這樣的一人之下工作。雖然自己不是站在最頂端的人，但是卻是這個人的左右手，可以和這個人共享喜悅——

這四年來倉內努力地服侍老闆，整日都在思索如何讓老闆的工作更順利，並且集中精神創造那樣的境界。此外，他也徹底地研究老闆，了解老闆的嗜好、性格、思考方式、習慣和健康狀況，當然也很認真地研究當一個好縣長要以什麼為指標，應該完成什麼工作等等事情。

我們什麼都慢了！這是老闆的口頭禪。雖然被嘲笑是只知道搞土木建築工程的縣長，但是他仍然堅持要做基礎建設，認為基本建設才是縣政最重要的事情，所以任內不斷有道路、鐵軌、下水道、學校、醫院、公園、社會福利設備等等工程在進行。在要求國家的預算方面，他更是得理不饒人，連審定預算的官員也忍不住要叫他是『烏龜四方田』，上個月他六十七歲，大部分的事業都已經交棒給兒子，全心做縣長。做為一個曾經親手創建飯店、百貨公司，經營事業相當有成，來自民間的縣長，他確實擁有把行政轉化為企業來經營的敏感度。他很有自信，有一點點的傲慢，也有把黑的說成白的的本事，但是，基本上他仍然是一個正直、有熱情、也會流眼淚的人。

倉內喜歡這樣的老闆，願意竭盡心力地為他工作，所以在他競選第二任的時候，成為和他並肩作戰的同志；老闆也信任他，視他為左右手。倉內是抱著這樣的想法，在為老闆工作的。但是——

倉內小口喝著茶。

他們的互動就像戀愛一樣，確實相當親近。但是現在卻連續出現了兩次被拒絕的情況，這讓倉內不得不覺得憂心。

或許真的是被老闆討厭了。雖然不知道被討厭的確切原因是什麼，但是讓老闆和倉內的關係產生裂痕的『因子』，倉內的心裡其實是有底的。

走出辦公室後，倉內的腦子裡一直盤旋著一張像歌舞伎中的女性角色的臉，怎麼樣也揮之不去。

是桂木敏一的臉。

希望有一個可以給人年輕感覺的政策祕書。這是老闆說過的話，因此桂木敏一在今年春天的時候，成為祕書課的一員。選擇他進祕書課的原因，是因為人事課說他是『總務部的才俊』。可是倉內覺得他並不如人事課說的那樣有能力。基本上，他是從美國回來的日僑子弟，在縣立S高中拿到第一名畢業後，去波士頓大學讀政治學。不過，他並沒有因為這樣的學歷而自以為高人一等，在待人接物的態度總是很和氣，因此不管是男性同事還是女性同事都喜歡他，他也很快就融入祕書課辦公室的氣氛中。只是在工作表現上，實在讓人感覺不出他的才幹。祕書課為他新設了一個『政策調查員』職位，讓他負責處理經常來採訪的媒體。可是他的表現很難說得上稱職，因為這個職位的工作除了要應付媒體外，還包括宣傳與蒐集各方面的意見的工作，認真做起來的話，必定每天都會忙得焦頭爛額，可是——

老闆確實很欣賞桂木。

桂木第一次和老闆見面的時候，向老闆報告了美國總統或州長在媒體上爭取露面機會的種種戰略。他說的那些話，老實說有很多日本人都已經聽說過了，並不是什麼新奇的事情，但是老闆好像是第一次聽到的。從此以後，老闆在面對攝影機或在公開的場合發言時，都非常在意說話的拍子與速度。

中毒了！這是倉內內心裡的想法。現在的老闆在公務中有餘暇的時候，就會把桂木叫進縣長室裡說話。但是在桂木來以前，老闆有閒暇時間時，被叫進去縣長室的人一定是倉內。對老闆而言，倉內是鬆口氣時聊天的對象。

倉內不想承認，但是他的內心確實有消之不去的不愉快情緒。他在嫉妒桂木。從春天開始就這樣了。愈來愈強烈的不愉快情緒，讓倉內非常焦躁，甚至覺得被那樣的情緒綁住了。一個五十二歲的男人的嫉妒……對部下的嫉妒……這種不能表現出來的嫉妒，像有毒的氣體一樣，佔據了倉內的體內，污染了倉內的心。

倉內也知道並不是桂木主動去接近老闆的，說起來是老闆變心了。可是，倉內心中那把憤恨的刀，卻不是朝向老闆，而是朝向桂木。身為祕書課的課長，他沒有立場去怨恨老闆，所以他只能想：如果不把桂木調到祕書課就好了。

今天，他開始認真地懷疑：是不是桂木在老闆的耳邊說自己的壞話，所以老闆才會這樣對待自己呢？不，不用懷疑，或許事實就是如此。桂木的外表看起來好像沒有什麼心機，但說不定心裡早就擬好戰略，準備一步步地接近老闆，一旦得到老闆的信任後，就可以把老闆原來的心腹——倉內，完全趕出去——

有可能。但是……

倉內喝光已經變涼的茶。

老闆和倉內之間的信賴關係，不是一朝一夕就有的，而是歷經四年才建立起來的。倉內並不認為光憑桂木兩、三句壞話，就能簡單瓦解他與老闆之間的信賴關係，而且，老闆一向不喜歡講同事壞話的人。同一個組織裡的人互相攻擊，是使組織弱化的元兇。這是老闆相信的理論。

那麼，是什麼事呢？是什麼事讓老闆對自己說『你就不用了』這句話的呢？

是剛才進入縣長室的赤石議員對老闆說了倉內的什麼事嗎？

應該不是。赤石是來和老闆討論明年選舉的事情的。他來的時候，臉上的表情很明顯的就是為了那件事，進去縣長室前，還對倉內說『打擾一下』，完全聽不出他的聲音裡有任何對倉內不愉快或討厭的情緒。

所以被老闆討厭的起因應該不是今天發生的。那麼，是前天發生的事嗎？從那天開始，老闆變得不正眼看倉內。

倉內的眼睛看著半空中。

前天是星期一……倉內因為去拔牙，所以請了半天的假，早上沒有進辦公室，過了中午以後才到辦公室。老闆大約一點左右時，參加完外面的活動回到辦公室。那時倉內對老闆說了一聲『辛苦了』，但老闆卻沒有任何反應，也不正眼看他一下，就進了縣長室。昨天因為老闆去縣北地區視察，一整天都不在辦公室裡，所以昨天完全沒有見到老闆的面。

也就是說，三天前的星期日加班的傍晚，和縣長在縣長室裡聊棒球後，到翌日的中午以前，老闆聽到了什麼有關倉內的壞話，或知道了什麼和倉內有關的事情。

倉內皺緊眉頭，用力閉起眼睛想著。

但是，他什麼也想不出來。他不記得自己曾經做過什麼會讓人在背後指責的事情。那麼，是有人在背後無的放矢地中傷自己嗎？是誰在怨恨自己？

『課長——』

他張開眼睛，看到副縣長助理鈴木祕書一臉擔心的表情。

『怎麼了嗎？』

『啊，沒什麼。』

『可是您的臉色很不好。』

『沒事的。對了，你有什麼事嗎？』

『嗯，明天記者會的資料已經放在桌子上了。縣長回來以後，請縣長過目一下。』

『知道了。』

『還有，上次您拜託我買的關於魚餌的書，也放在一起了。』

『麻煩你了。謝謝。』

謝謝——

倉內被自己的話嚇了一跳。

因為這兩個字裡也可以隱藏著諷刺的意味。

被誤解而造成的怨恨。只有這樣了。如果老闆聽說了那件事，會有怎麼樣的反應呢？

倉內咬著嘴唇想。

3

那件他想忘記的事，像不幸的咒語般，再度浮上心頭。

倉內踩著沉重的步伐，爬著樓梯。

縣長辦公室祕書課在縣政府大樓二樓的南角。面對著縣長辦公室的走廊的中央部分，是鋪著紅色地毯的走道。倉內自己一個人的時候，總是盡量避免走紅地毯，而走邊邊的路。因為紅地毯是給縣長走的，自己一個人走紅地毯的話，他的心裡會產生些微的罪惡感。倉內並不覺得自己這樣的感覺有什麼不好。

課辦公室裡大約有十個左右的職員。倉內走向管理公用車的部門，技師單位的頭頭——吉澤管理組長抬起頭來看他時，他便問：

『牛久保先生呢？』

『他今天公休。有什麼事情要找他嗎？』

替縣長和副縣長開車的司機有三位——牛久保、加山、五嶋。他們三個輪班開車，前天為縣長開車的正好是牛久保。

倉內回到自己的座位坐下。

他猶豫著要不要打電話給牛久保。他想問牛久保前天縣長在車子裡時的情況。他知道這並不是適合提出來問的問題，但是，像現在這樣忐忑不安的心情，他無法忍受到明天。

就在他一直看著電話的時候，電話響了。

『喂，我是祕書課長倉內。』

（啊，我是牧野。牧野。剛才去過的——）

倉內暗自咂舌。是早上來過辦公室，『牧野電子』的社長。

（你告訴縣長了嗎？）

『還沒有。因為縣長今天都在外面。』

（能讓我和縣長見面嗎？只要一點點時間就好了。）

『我已經知道您的事情了，一定會把你的情形轉告給縣長知道的。』

（這樣下去我會破產的。七海打算見死不救。大家已經對台灣的事感到失望了。因為那裡的零件比我們想像中的貴，根本無法壓低成本。他們卻說我們根本沒有努力去找便宜的零件。因為我們已經變成他們的負擔了，所以想把我們一腳踢開。對他們而言，踢掉我們是不痛不癢的事情，可是卻關係到我們的生死呀！）

說到後面，牧野的聲音變得有點哽咽了。

『牧野先生，您有沒有和久寶先生或音羽先生商量看看？』

（和他們商量過了。沒有用的。不管是縣議員還是議員代表，都是聽七海那邊的話。選舉是很可怕的。）

正因為如此，所以縣長也會和他們一樣呀！

（請您幫忙，我會感謝您一輩子的。）

請您幫忙——

倉內的視線裡浮現跪在地上的向井嘉文的背。

那是大約一個半月以前的事。晚上十點過後，以前幾乎可以說是完全沒有接觸的向井，突然來到倉內的家。向井是一家擁有將近三十名員工的家具工廠的社長，因為資金方面出現了問題，所以來向倉內借錢。

倉內和向井不是朋友，連認識都說不上。十多年前倉內還在支援中小企業對策室工作時，曾經對向井說明特別融資的事情。幾年前他們又偶然地在一家烤雞肉店裡巧遇，向井主動來打招呼，並且說了幾句話。他們的交情就只是如此，而向井便憑藉著這若有似無的交情，來找倉內借錢。倉內很明白，向井一定已經找過金融機關、親戚朋友，卻仍然得不到支援，在走投無路的情況下，才找上自己的。

向井好像崩潰了般跪在地上請求倉內。已經五十五歲的他已婚，並且有兩個孩子。他磕著頭說：請借錢給我，多少錢都可以。

倉內很吃驚，拚命地扶起向井的身體，並且感到十分困惑。他想起死去的父親曾經說過的話：借錢給人的時候，要存著『給』的心情借出去；還有，借出去的金額必須是對方沒有還錢，也不會讓自己陷入困境的數字，並且是即使對方沒有還，也不會怨恨對方的金額。

不借。倉內想這麼說，因為他私下認為把錢借給沒有交情的人，是不道德的行為。但是，更大的重點是：事實上他也沒有多餘的錢可以借給別人。房屋的貸款還有十年要繳，長子和長女都在東京讀大學，住在出租公寓裡，每個月都必須寄生活費給他們，現在是人生最需要用錢的時候。這是倉內的妻子這些年來常掛在嘴邊的話。

可是，倉內說不出口『不借』這樣的話，便決定遵從父親的話。他對向井說：如果二十萬可以的話，下個星期可以借二十萬圓給向井。向井聽到他這麼說時，臉上的表情立刻起了變化，原本深鎖的眉頭鬆開了，眉間的皺紋也瞬間消失了。他那恍惚的神情上，出現了一絲笑意。但是，那是帶著悲傷的笑容。杯水車薪。倉內也覺得確實就是如此。不久之後，向井站起來，對著倉內深深一鞠躬後，就什麼也沒有說地走了。

倉內覺得心痛，那一天晚上睡不著覺。他在被窩裡對自己說：我並沒有說不借他，就把他趕走了。那樣說也是無可奈何的事。把自己家裡的財產集中起來，借給幾乎是不認識的人，那是不符合人性的行為，不是嗎？

兩天後，倉內在報紙地方版的『弔喪欄』裡，看到了向井嘉文的名字。因為訃聞裡沒有記載死亡的原因，倉內便拜託派到消防防災課的警察，去向井所住的地方派出所打聽，才知道向井是在自己家裡上吊自殺的。那天倉內一回到家，就收到向井寄給他的信。那一定是向井自殺前寄的。信封裡只有一張便條紙，便條紙的正中央以紅筆寫著『謝謝』兩個字。

因為覺得害怕，所以倉內沒有去上香，也沒有去參加葬禮。向井是在去倉內家拜訪後的翌日自殺的。二十萬圓。不難想像向井是因為這個金額太少，深感絕望所以才自殺的。

這或許是復仇的行為。『謝謝』這兩個字原本應該是人要活下去時最重要的字眼，可是現在每當說到『謝謝』這兩個字時，倉內就無法不想起向井那恍惚的表情上的悲傷笑意。

向井自殺之前，曾經對妻子提起過倉內吧？如果提起了，那麼，他是以什麼樣的心情談論倉內的呢？從葬禮那天起的大約一個星期左右，倉內的家裡接過無聲的電話。倉內懷疑那是向井的妻子打來的電話。為了安撫自己的良心，倉內像唸咒語般地不斷對自己說：把自己家裡的財產集中起來，借給幾乎是不認識的人，那是不符合人性的行為，不是嗎？

但是——

老闆如果知道這件事情的來龍去脈，會有什麼反應呢？會認為倉內被怨恨是一件沒有道理的事，而同情倉內嗎？

不會。

無情。老闆的腦子裡第一個想到的字眼，恐怕就是『無情』這兩個字。老闆會覺得對一個跪著向自己借錢、事業失敗的人，狠心說只能借二十萬，是一種冷血的行為，因此瞧不起倉內，進而討厭倉內。就算他在理智上可以認同倉內的行為，但感情上卻絕對不能同意倉內那麼做。因為倉內是自己的祕書課長，是自己的左右手，所以更不能原諒他那麼做。老闆一定會覺得倉內是冷血的男人，是沒有度量的男人吧！

（倉內先生，在聽嗎？）

牧野的電話還在繼續中。

（不能讓一百七十個員工失業、流落街頭。如果變成那樣的話，我死也不會瞑目的。）

果然還是不能讓牧野和老闆見面。倉內再一次做了這樣的決定。老闆如果直接聽了牧野的話，明知對明年的選舉會有負面的影響，還是會去『七海電子學』抗議的。

老闆是那樣的男人。

因為是那樣的人，所以需要一個冷血、沒有度量的男人當左右手。倉內不斷地對自己強調：自己這麼做不是為了保護自己，而是為了讓老闆能夠繼續他的志業。

4

倉內按時在下班時間離開縣政府的辦公室。

他沒有走向回家的路，而是從S車站搭乘民營的電車往西走。好久沒有在傍晚的交通尖峰時間裡，走在人潮之中了，但是他懷著心事，根本感覺不到身旁的人潮。

從M車站走到牛久保家，大約需要五分鐘的時間。牛久保的房子位於屋簷相連、專門蓋來出售的住宅區的一角。倉內往社區裡面走，很快就來到牛久保家的玄關口，然後按了門鈴。

看到倉內來訪，牛久保好像很吃驚。現在應該還是吃晚飯以前的時間，但是牛久保好像已經開始喝酒了，他的眼圈和鼻頭都紅紅的。

在牛久保的帶領下，倉內走過短短的走廊，來到起居室。他接受了牛久保的妻子和母親招待，但是拒絕了喝酒。

『牛久保先生，請繼續喝沒有關係。』

『不行了，再喝下去的話，會被家裡的女性軍團罵死的。』

牛久保大聲地笑著，他那穿著制服的女兒冷淡地打過招呼後就走了。牛久保比倉內小三歲，馬上就要進入五十歲的大關，是老闆最信賴的司機。倉內覺得不能貿然就談論今天來的主題，所以就先陪著牛久保說些辦公室裡有趣的事情。

『話說回來，佐和子姊也不年輕了。她的光采已經不見了。』

『她和我同年。歲月不饒人，這是無可奈何的事。』

『不能和桂木比，他看起來就很光鮮。』

『就是嘛！』

『老闆也感覺到他的優點了，坐在車子裡的時候，經常談到他。』

冷不防的，談話突然就進入核心了。倉內覺得牛久保是特意把話題引到這裡的。

倉內勉強地露出笑容，說：

『每個人都覺得他很可愛，既坦率又清新。不過，好像因為這樣，老闆變得討厭我了。』

倉內半試探，半認真地說。

『哎呀，沒有這回事。』

牛久保臉上的笑容消失了。

『是真的。前天老闆說了我什麼事吧？』

在倉內的套話下，牛久保臉上的表情出現了比倉內預料中更明顯的變化。他變得沉默不語，並且好像恍然大悟倉內突然來訪的原因了。

『喂、喂，我沒有說了什麼會讓牛久保兄您突然不說話的事吧？』

『……』

『老闆說了什麼呢？』

『……』

『那傢伙很無情、很冷血！老闆這麼說了吧？』

牛久保的眼睛睜得老大，忍不住又拿起酒來喝。但是酒精似乎仍然不能平息他驚愕的表情。

『不能告訴我嗎？老闆那麼說了吧？』

『嗯。啊，確實是說了那樣的……』

牛久保好像無法直視倉內般，眼睛看著榻榻米說。

『沒有說是為什麼嗎？』

『沒有。沒有說原因。』

『那麼，他是怎麼說的？』

『好像在自言自語一樣，說什麼看錯人了之類的話……』

倉內覺得眼前的世界好像失去了色彩。

『看錯人了——老闆那麼說了？』

『啊，唔，是那麼說了。但是我也不確定老闆說的人到底是不是課長。』

牛久保在逃避了。

倉內覺得自己好像也在逃避似的，離開了牛久保的家。
從牛久保的家到車站的路是暗的。
倉內的心是冷的。
看錯人了——
倉內覺得老闆一定是知道向井嘉文那件事了。
但是……
倉內的步伐慢下來。
老闆為什麼會知道呢？是向井的妻子或親戚打電話給老闆，告訴老闆的嗎？
那不太可能。因為直撥進縣長室的電話號碼，是不會對外面公開的。一般人如果要打電話給縣長，通常會打縣政府的代表號，然後接線生轉接電話的時候，並不會直接轉到縣長室，而是轉到祕書課，讓祕書課過濾電話。所以說，縣長是接不到一個普通縣民的電話的；而縣長家裡的電話，更是最高機密。因此，和向井有關係的人不可能知道縣長家的電話，而到縣長家的信件，也和寄到縣政府給縣長的信件一樣，會經過層層過濾，全部都要接受檢查，不會直接落入縣長的手中。基於種種安全上的考量，縣長是無法直接接收到市井之聲的——
倉內突然想到了。
投書……
四年前的一次苦澀的記憶，在他的腦子裡甦醒了。

那時他剛就任祕書課長還不到一個月，老闆看到了一張批評倉內的明信片。是參加縣政府協辦的縣民保齡球大賽的某一位縣民寄的。

代理縣長來的祕書課長擺架子，一點也不和氣，讓人很不舒服。

倉內雖然解釋因為是第一次代理縣長工作，所以很緊張，但是老闆仍然很生氣地說：『不要忘了！代理的時候，你就是我。』那天倉內檢查縣民投書時，並沒有發現那張明信片，那時他一直認為是自己剛上任祕書課長的職務，還不熟練工作的內容，所以才會發生那樣的失誤。雖然說這次的失誤，是前天過濾投書的宣傳公共關係組的大意所造成的，可是，倉內不會因為這個失誤，而責備部下。他們整天埋首在大部分是感謝縣長積極推動縣政內容的投書中，確實很容易發生失誤的情形。

倉內慢慢地爬著車站內的樓梯。

情緒性的思考像暴風雪般地捲進他的腦海裡。

前天早上倉內因為拔牙，請了半天的假，不在祕書課裡。倉內不在的時候，投書會送到宣傳公共關係組——目前負責宣傳公共關係組的人是桂木——宣傳公共關係組沒有把好關，讓向井嘉文親戚寄的信過關，到老闆的手中——

倉內上了電車。

從門窗外掠過的街燈，照出了隱藏在內心最深處的想法。倉內看到了桂木的野心。

5

翌日早上，忙碌的氣氛籠罩著縣長辦公室的祕書課。九點三十分就要開始每個月都要進行的縣長記者會了。為了準備記者們可能提出的諸多問題，不斷有各單位的頭頭出入縣長室匯報。看到中間有空檔的時候，倉內手拿著文件資料站起來。他看看辦公室裡的情形，桂木今天穿著淡紫色西裝，看起來很亮眼，大概也會陪著縣長去座談室參加記者會吧！

倉內繞過自己的桌子，走到縣長室的門口，用力地敲了門。很快就聽到『進來』的聲音。

倉內撻開猶豫的心情，打開門，踏入縣長室內，然後反手關上門。

老闆正在辦公桌前整理名片。他已經從敲門的方式，知道倉內進來了，卻沒有抬頭看倉內。但從他眉頭輕輕地動了一下的動作看來，他似乎正以眼角的餘光在打量倉內。

看錯人了——

倉內向前邁出的步伐遲緩了。但是一想到躊躇不正是心裡有所不安的證據嗎？便大步地向老闆的辦公桌跨近。

『您早。』

『嗯。』

縣長的聲音是不愉快的，眼睛仍然看著名片架。

縣長辦公桌的邊端有一個放『待處理』文件的盒子。倉內把手中的文件放進那個盒子裡，那是今天早上過濾過的五封投書，和昨天沒有送進來的四封投書。

『縣長，這是這三天的縣民投書。』

『知道了。』

氣氛有點僵。倉內決心打破這僵持的氣氛。

『縣長看過星期一的縣民投書了嗎？』

老闆抬眼看著倉內，眼神很冷漠。

『看過了。怎麼了嗎？』

關於我——倉內話到了嘴邊，卻仍然沒有說出來。老闆的視線又回到名片架上，那種態度好像在說：我對你的事情沒有興趣。

老闆明明就在眼前，但倉內卻覺得自己和老闆之間的距離好遙遠。現在是時候嗎？可以在這個時候問投書的事嗎？那封投書到底是不是和向井嘉文有關係的人寄的？是怎麼樣的內容？提到『二十萬圓』的事了嗎？倉內覺得要傳達自己心裡的想法讓老闆知道，竟然是一件萬分艱難的事情。

一個危險的信號燈突然在倉內的腦子裡閃爍起來。如果老闆對倉內產生『看錯人了』的原因並不是和向井有關的事，那麼倉內此時卻自己開口說出這件事，不是就變成有兩件事讓老闆討厭自己了嗎？

『還有什麼事嗎？』

老闆以不愉快的語氣所說出來的這句話，在空氣中迴盪著。

『沒有……』

『那就回去吧！』

『是……』

嘴巴上雖然這麼說，腳卻不怎麼聽使喚。倉內知道，如果現在賴著不走，老闆的聲音一定會變得暴躁起來；可是，如果現在走了，說不定就再也不會踏入這間辦公室了。到底要不要就這樣走出縣長室呢？他的內心很掙扎。

是敲門的聲音解除了倉內的窘境。

老闆應了一聲後，門開了。站在門後面的，是佐和子表情緊繃的臉。

『時間到了，請到座談室。』

『知道了。叫桂木先進來一下。』

好像一直站在門口一樣，穿著淡紫色西裝的桂木，不到幾秒鐘就進入縣長室了。倉內一時之間不知所措，只是呆立在現場。

老闆以認真的表情看著桂木，說：

『大概有人會問我要不要第三次出馬競選。你覺得我應該怎麼回答比較好？』

桂木沒有直接回答，反問道：

『您想表明態度了嗎？』

『還不想。沒有經過開會就表態的話，那些人會鬧彆扭。』

『那麼……』桂木露出微笑，說：『您只要微笑就好了。』

『微笑？』

『對。不要馬上回答這個問題，只要露出肯定而平靜的笑容就可以了。記者們只要知道縣長的心意，就覺得滿足了。但是，不能讓他們寫說您已經表態要出馬競選了。』

『沒錯……但是，萬一有人一直固執地要我回答，那該怎麼辦？』

『那您就露出苦笑，一一地看著在場的記者們，然後回答「這個問題目前還在思考當中」。總之，就是您不能說出您要出馬競選的話，只能讓他們感覺您會出來競選。透露一點點您複雜的心思，可以挑起記者他們的自尊心，因為他們會覺得這件事只有他們知道，一般民眾不知道。這種滿足感可以讓他們對縣長產生親近的心理，那麼在報導縣長的新聞的時候，就會用比較友善的態度來報導。』

倉內走出縣長室。

他的心情很複雜。桂木正在發揮他的才幹，一步步地攫取老闆的心。現實的狀況讓他感到嫉妒，也感到自己確實不如桂木的挫折感。他不知道要怎麼收拾這樣複雜的心情才好。

不只如此。

桂木給老闆建議、告訴老闆應該如何和記者應對的時候，也顯露出他的『本性』。有這種

『本性』的人，應該會把批評倉內的投書，拿到老闆的面前。所以是桂木幹的。倉內覺得自己被桂木擺了一道——

6

那天的工作結束後，倉內先回家一趟，然後開車到Y市。他已經打聽到已逝的向井嘉文的家人居住在什麼地方了。

中午的時候，他約了以前在中小企業支援對策室工作時的下屬，在縣政府的咖啡廳裡見面，打聽『向井家具』目前的情況，得知向井嘉文死後，『向井家具』已經申請破產了。倉內從和『向井家具』有關的文件資料中，找到了向井家的電話號碼，便試著打電話去看看，結果卻怎麼打也沒有人來接電話，只聽到電話答錄機的聲音。於是他只好再去拜託在消防防災單位的警察幫忙打聽，終於在快要下班的時候，接到來自Y分局刑警課的光岡刑警打來的電話。光岡說向井的妻子——靖子，現在住娘家那邊的姊姊家裡。

在十字路口看到目標的便利商店後，倉內轉動方向盤向左。路變窄了，走在鋪設得不是很好的路面上，車子軋軋響著。從自己的家裡出發前，倉內事先打了一個電話給靖子，告知自己將要前去拜訪。靖子的聲音含糊不清，剛聽到倉內的名字時，好像還是不明白是誰，直到倉內說自己在縣政府上班，她才恍然大悟地『啊』了一聲。倉內沒有詳細說明打電話去的原因，只說等一下要去拜訪。本以為靖子會拒絕他前往，沒到她卻含含糊糊地同意了。

倉內很快就發現那間位於小公園後面的兩層樓式房子。一個年紀大約已經是中老年的女子神情惘然地站在房子的外面，一副在等人的樣子。倉內一看，就認定這個女人是向井靖子。

向井靖子帶著倉內，走進佔據了庭院大半土地的增建小屋中。從貼在屋內窗戶上的偶像歌手海報看來，可以猜測到這間小屋原本是做為兒童房在使用的。現在這間大約八疊大的小屋裡，有著堆積如山的紙箱。不過，這個被紙箱壓縮的空間裡，擺著一張和這樣的空間不太搭配的高品質木頭圓桌子。這張桌子一定是以前『向井家具』的物品。空氣裡有淡淡的煙香，房間角落的小桌子上，有一個新立的牌位和簡單的佛具。

『請上一炷香……』

『謝謝。』

面對著牌位，倉內不知道該說些什麼才好。

他一上完香，靖子立刻拉來桌子旁的椅子，說：

『請坐。』

『嗯……』

倉內後悔來這裡了。因為看到老闆和桂木那麼融洽，所以他一下子情緒大亂，一時失去冷靜，想要馬上從靖子口中，確定桂木的企圖。可是，在來這裡之前，他從電話裡聽到靖子的聲音時，就直覺地認為那封投書應該與靖子無關。那不是靖子寄的。

見到了靖子之後，他更加可以肯定自己的直覺沒有錯。靖子從主屋那邊端茶進來時，臉上的表情十分平靜。或許向井並沒有對妻子提起向倉內借錢的事。如果是那樣的話，那麼根本就不存在靖子會不會投書控訴倉內的問題。

『沒有給您帶來麻煩吧？』

『妳說的是什麼事？』

『您不是為那件事而來的嗎？』

『唔？』

『那封信呀！我聽向井的弟弟說了，他說他寫了一封和您有關的信，寄給了縣長。』

倉內愣住了。這個意外的衝擊，讓他一時說不出話來。

靖子的表情變得憂慮起來，說：

『您不是為了這件事來的嗎？』

『……弟弟？』

『嗯，是的。』

『原來是他的弟弟呀……』

『果然給您帶來麻煩了？』

『不，沒有。沒有什麼。』

嘴裡雖然這麼說，但是心跳卻狂亂起來。倉內的內心裡閃過想打自己一巴掌的衝動。

『那個……向井的弟弟寫的信和借錢的事……有關嗎？』

『非常抱歉。他太激動了，所以……』

靖子無力地垂下眼瞼。

那個晚上——向井找過倉內，回到家後，便把向倉內借錢的事情，說給妻子和弟弟聽。向井的弟弟是『向井家具』的董事，聽到『如果二十萬可以的話，下星期來拿』的話時，非常生氣地說：『才二十萬圓？而且還要等到下個星期？簡直太瞧不起人了！』雖然向井責備他：『是我們的拜託太自私了，只想到自己，所以不應該怪到別人身上。』但是向井的弟弟仍然壓抑不了自己的憤怒，還說：『是哥哥您說認識他，還說他一定會幫忙的。不是嗎？所以我也才厚著臉皮去拜託我的老師。早知道會這樣，根本就不應該去！反正只有破產一途了——』

『他本來就是一個任性的人。自從公司經營的情況惡化以後，他和他太太的感情也變不好，經常吵架，現在正在辦離婚手續。』

倉內除了點頭傾聽之外，什麼話也不能說。

靖子輕輕地嘆了一口氣，接著說：

『弟弟的內心裡雖然認為是自己的那一番話，把哥哥逼上自殺之途的，但是為了掩飾這個罪惡感，便把矛頭指向你，把你說成壞人，還寫了那樣的信……真的非常抱歉。』

弄明白了。

向井的弟弟責備倉內的信，藉由桂木的手，讓老闆看到了，所以老闆才會對牛久保說『看錯人了』。

但是，還能奪回老闆對自己的信賴嗎？

或許很難，因為向井的弟弟的信中內容並非謊言，自己確實說了『如果二十萬可以的話，下星期來拿』的話。

『其實向井非常感謝您。弟弟回去以後，他還對我說好幾次：「倉內先生是個好人」的話。』

『是嗎？』倉內忍不住這麼說：『向井先生沒有埋怨我嗎？』

『怎麼會呢？他說您很誠懇地聽他說話。』

『我收到妳先生寄給我的信了。』

倉內原本沒有打算把這件事情說出來，但是現在還是說出來了。

『我先生寫給您的？……』

『嗯，是的——信封裡只有一張寫著「謝謝」兩個字的便條紙。』

靖子的臉上先是出現驚訝的表情，但是很快就被緩和的表情所取代。

『他真的是那麼覺得的。』

『是嗎？我以為是——』

倉內把幾乎已經要說出口的『諷刺』兩個字吞回肚子裡。他認為不能對靖子說出那樣的話。

『他經常提起倉內先生您。』

『哦?』

『他說他去找您討論融資的時候,您曾經非常親切地招呼他;他還很驕傲地說曾經和您一起喝過酒。他總是很高興地對我、對弟弟和員工們提起您的事情。倉內先生,您對釣魚有興趣吧?』

『啊,嗯……』

『我的先生也是。興趣相同的話,一定可以聊得很愉快,他告訴我,您說要找一天和他一起去釣魚。』

倉內不記得自己說過那樣的話。

『當他從報紙上知道您榮升祕書課長時,非常地高興,好像是他自己當上課長一樣。還誇獎自己的眼光準確,說您果然很了不起,如果您沒有升官的話,就太沒有道理了。』

倉內無言以對。

『前一陣子開始,他更是經常提起您,公司早上開會的時候,還會把您的事情拿來鼓舞員工。所以,他是真心感謝——』

靖子的嘴唇微微顫抖。

『因為不斷地在弟弟和員工面前提起您,所以到了最後變成不去您那裡籌錢也不行了。』

倉內不自覺地迴避靖子的眼光。

『其實他一開始就沒有想到您會答應借錢的。那天從您那裡回來時,他的神情很平靜,因為他原本以為您大概會把他趕出門吧！因為他也很清楚，誰也不可能借錢給一個只在一起喝過一次酒的人。可是您很認真地聽他說話，又答應要借二十萬給他，所以、所以……他真的是很感激您的。』

倉內的目光沒有回到靖子的身上，只是一直停留在印在紙箱上的文字。

『嘉文．夏物』——

那幾字漸漸模糊起來，變得看不清楚了。

倉內的腦子裡浮現向井的臉。

向井聽見自己說出來的金額時，曾經露出笑容。

他那恍惚的神情上，出現了一絲笑意。

看起來是悲傷的笑容。但是……

靖子好像擦了擦眼淚。過了一會兒後，才以重新整理好情緒的語調說：

『沒辦法，他就是那樣的人。』

倉內眼眶濕潤地看著靖子。靖子露出帶著眼淚的笑容，說：

『他對您說「謝謝」，一定是希望能夠把您當釣魚夥伴一樣，和您輕鬆地聊天吧！』

倉內也想以笑容回應，但就在這個時候，他口袋裡的手機卻突然響了。顯現在來電顯示螢幕上的電話號碼，是祕書課的直撥電話。

『啊，您好，我是桂木。』

『有急事嗎？』

『不，不是什麼特別急的事。』

倉內簡短地說等一下會馬上回電，就掛斷了電話，然後起身準備離去。就在這剎那間，他看到靖子露出依賴般的眼神。

倉內再一次走到牌位前，並且跪了下來，喃喃地說了好幾聲：『放心地走吧！』

然後他也對靖子鞠躬，說：

『我還會再來的。希望下次有時間多聽一些有關向井先生的事情。』

7

外面的月亮很明亮。

倉內回到車子裡，從口袋裡拿出手機，撥了直通祕書課的電話號碼。桂木很快就接起電話。

『這麼晚還沒有下班嗎？』倉內說。

（嗯。因為縣長要和一新會的縣議員密會。）

倉內不知道縣長有這個行程。

已經風平浪靜的心情又起了波濤。

『那，找我有什麼事嗎？』

（是這樣的。牧野電子的社長發生車禍，好像被送到縣立醫院了。）

倉內聽到這話，內心同時出現驚訝與疑問的心情。

『有受傷嗎？』

（有腦震盪的情形，腳部也有骨折的現象。目前雖然沒有生命的問題，但是因為昨天早上他曾經和課長您談過話，所以我認為應該告訴課長這件事。）

『怎麼知道他發生車禍的？』倉內又問。

（醫院打電話來通知的。剛開始時候，牧野社長迷迷糊糊地嚷著要找的人好像是縣長，所以縣立醫院的人認為可能是和縣長有關係的人，所以打電話來這裡確認。我已經回答說縣長和這個人無關了。）

無關？……

『牧野社長在上一次的縣長選舉時，非常賣力地支持縣長，不能說他和縣長是無關的人。』

（可是，我認為還是不要讓他靠近縣長比較好。如果是課長您的話，也會這麼做吧？）

『可是他受傷了呀！應該回答說他是縣長的支持者比較好，那麼醫院方面也會比較細心照顧他的。我現在就過去看看他。另外，你安排明天一早就送花到醫院，表示探望。』

（……要送花嗎？）

桂木好像不太服氣的樣子。

（還是不要吧？送花的話，對方恐怕會得意忘形吧？）

『會得意忘形的人恐怕是你吧！』

倉內忍不住說出這樣的話。

（唔？……）

『你很能幹，今天早上對如何和記者應對的問題上，確實給了縣長很好的建議。如你所說的，記者們一定會很喜歡這樣的縣長，明天早上各報一定都會肯定縣長的表現。對縣長而言，你正好是他所需要的人。因為我也這麼認為，所以我不會阻礙你，所以你也不要去阻礙別人，不要使用扯別人後腿的手段。』

『什麼？這是什麼意思？我完全不明白課長的意思。』

桂木的聲音裡有笑意。

『不要裝傻！星期一早上我不在的時候，你做了什麼事？你把不必給縣長看的投書，拿給縣長看了吧？』

桂木真的笑出聲了。他說：

（我不可能那麼做。為了拍攝各地縣立公共設施的照片，宣傳公共關係組的所有人，星期一早上全體出動，根本不在辦公室裡。）

8

燈光昏暗的醫院有點可怕。

牧野昭夫已經從急診室轉進病房了。他是在想要橫越縣道的時候，被四噸重的卡車撞到，結果右大腿部骨折，需要兩個月的時間才能痊癒。

因為需要完全的看護，所以牧野的病床邊有一位頭髮已經全白的女性在照顧，那是牧野的妻子。發現倉內進來了，牧野像在賭氣般地笑了，然後粗暴地把放在自己手腕上的妻子的手揮開。

『牧野先生，不可以亂來呀！』

看著牧野的妻子從病房走到走廊後，倉內才坐在折疊椅上。

『聽說是卡車的司機突然衝出來的關係。是這樣的吧？』

『……』

『我剛剛去探望了一位自殺的社長的夫人。』

『不要胡說八道。我沒有要自殺，是一時失神才會被車子撞到的。』

『唔……』

『我還不能死，也不可以死。』

『是的。已經自殺的那位社長的太太看起來很孤單，因為已經沒有可以一起說話的對象了。』

『那個人的公司有幾個人？』

牧野生氣地說道。

『您是說那個公司的員工有多少人嗎？』

『嗯。』

『我想是三十個人左右吧！』

牧野突然自嘲似的笑了。

『唉，三十個人也一樣啦。』

『什麼？』

『因為——』牧野用力嘆了一口氣，接著說：『對開設公司的人來說，不會只想到妻小，因為每一個員工都是公司的寶。』

『這是什麼意思？』

牧野的眼睛盯著天花板，沒有回答倉內的問題，反而問說：

『那個人拿到了多少保險金？』

『沒有問這個問題。』

『如果他不是剛剛加入保險的話，即使是自殺的，也能得到保險金。雖然是小小的心意，但是也是為了長期一起工作的員工吧！』

『不要說這種話了。』

『您不明白的。沒有相同的想法的話，是不會明白的。』

牧野的這番話，深深地打進倉內的心裡。
沒有相同的想法的話……
是嗎？是那樣的嗎？
倉內趁著牧野的太太進入病房時，起身準備離開。
當他要推開病房門的時候，後面傳來牧野的聲音：
『謝謝。』
倉內回頭看病床的方向，看著牧野的臉，牧野也在看他。

9

第二天從一早開始，就是晴朗的好天氣。
倉內檢查過擺在自己桌子上的縣民投書後，抬頭看縣長室門口上面的燈。『在室中』的燈是亮的，『會客中』的燈是暗的，但是大約十分鐘前，桂木才被叫進去裡面。
『蓮根小姐——』
在倉內的叫喚下，坐在對面桌子的佐和子先是抬起頭，接著便踩著高跟鞋，登登登地走到倉內旁邊。
『什麼事？』
『老闆今天什麼時候有空檔？』

『四點到五點半沒有行程。』

說完，又踩著高跟鞋轉身要回去座位。

『啊，蓮根小姐。』

『唔？』

倉內看著停下腳步的佐和子的臉。

佐和子一臉不解地回望著倉內。

『謝謝妳平日的照顧。』

剎那間，有一絲驚懼般的神色，從佐和子的眼睛裡閃過，她眼尾的皺紋也浮了出來，那是化妝也掩飾不了的。畢竟已經是五十二歲的女人的臉了。

倉內看著走遠的佐和子纖細的背影，想起牧野說的那句話。

沒有相同的想法的話，是不會明白的——

為什麼以前沒有注意到呢？在倉內來這裡之前，佐和子已經為老闆工作三年了。她失去光采的原因，並不是她的年紀大了，而是倉內奪走了老闆對她的信賴。

倉內看著手邊的縣民投書。或許四年前那一次和這一次，都是她……

藉著短促的嘆氣，倉內轉換了心情。老闆下午四點到五點半有空檔。一個半小時已經足夠了。倉內拿起電話，撥了『一〇四』。

不知道為什麼，他覺得聽筒裡傳出來的信號音是悅耳的。

為老闆工作，被老闆使喚這麼久了，偶爾指使一次老闆，也不至於遭受天譴。

（您好，我是一〇四的木村。）

倉內眼睛看著『在室中』的燈，說：

『請查一下七海電子學的電話號碼。』

推理謎 1

羅蘋計畫

橫山秀夫◎著　黃心寧◎譯
【推理評論家】**顏九笙**◎專文導讀

橫山秀夫推理小說的原點！
『夢幻處女作』終於揭開面紗！
榮獲第9屆三得利推理小說大賞佳作！

《羅蘋計畫》的故事情節本身，就已經包含許多打動人心的元素：愛情、親情、長年的恩仇糾纏、懷舊情緒、解謎的刺激感，全都包裹在裡面，在接近結尾的地方一一爆出。如果用一種非常俗氣的說法——《羅蘋計畫》說不定是橫山秀夫最有商業賣點、最適合改編成電影或電視劇的小說？這樣的作品竟然是『處女作』！夠驚人吧。

——顏九笙

警視廳接獲密報，十五年前原本被判定是跳樓自殺的高中女老師，其實是他殺，而且兇手就是死者的三名男學生！眼看距離命案的追訴時效只剩下最後二十四小時，警方全力展開調查，並發現與案件有關的『亞森羅蘋計畫』。原來當年三個頑皮學生破天荒的想要偷取期末考考卷，卻在收藏考卷的保險箱裡看到了……

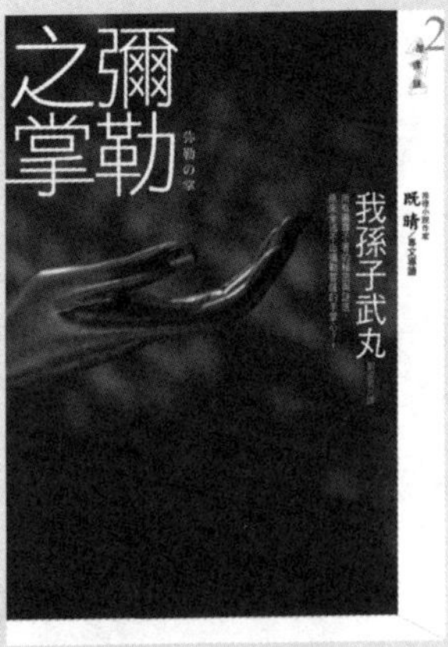

推理謎 2

彌勒之掌

我孫子武丸◎著　劉姿君◎譯

【推理小說作家】**既晴**◎專文導讀

本格推理作家協會2005年度十大推理小說第三名！
入選『這本推理小說真厲害！』2005年度TOP 20！

我孫子『實驗至上』的創作理念裡，寫實、人性的文學描寫並非絕對必要。他最重視的是進行前所未有的實驗，設計出最強烈的閱讀衝擊力道。他認為，無需刻意做作，只要在小說中描寫人類所犯下的罪行，就多少能反映出社會裡的某種思想或事實。因此，在我孫子的作品中，角色都是屬於實驗的一部分，相較於將角色當成棋子以進行詭計佈置的綾辻，我孫子則是將角色更進一步符號化。作品裡所有的幽默感、恐懼感、殘酷感，都透過人物所代表的符號予以呈現。

——既晴

一心尋找失蹤妻子的高中數學老師，以及老婆在旅館裡遇害、又被懷疑涉及貪瀆的資深刑警，兩個人在追查事情的真相時，意外的碰觸到同一個終點——新興宗教團體『拯救御手』。兩人的妻子都和這個團體有關，可是他們卻找不到任何證據，更何況這個神秘團體的背後還有有力人士在撐腰。無計可施之下，男老師決定乾脆深入虎穴、加入宗教……

推理謎 3

彷徨之刃

東野圭吾◎著 劉珮瑄◎譯

【律師・推理評論家】**李柏青**◎專文導讀

法律保護的是兇手，
還是無辜的受害者及活著的家屬？
東野圭吾最撼動人心的社會推理話題巨作！

東野圭吾的作品最大的特色在他簡潔的行文，不同於當代新本格推理作家慣用的華麗筆法，東野總是以白描的手法，細膩而精確地描繪出場景與人物，這不但不減損作者對故事氛圍的營造，反而加強了故事應有的節奏感。同時，這種簡約的文字風格，也讓東野圭吾能自由變換於各種不同的故事風格之間……

——李柏青

父親為了替慘遭不良少年蹂躪致死的女兒復仇，殺了其中一人後逃亡。媒體以『家屬復仇殺人』為題，大肆炒作。社會大眾的想法大致分為贊成與反對兩派，連警方內部也有人暗地同情那位父親。到底家屬有沒有制裁兇手的權利？這場捲入社會大眾、媒體以及警方的復仇行動，最後的結局將會是……

推理謎 4

尤金尼亞之謎

恩田陸◎著　張秋明◎譯

【挑戰者月刊總編輯】**林依俐**◎專文導讀

『被故事之神眷顧的小女兒』恩田陸

融合詩意與幻想的推理奇作！

- **榮獲第59屆日本推理作家協會賞！**
- **入圍第133屆直木賞！**

恩田的作風的確總是充滿著幻想的美感。尤其在她的作家之路開始穩定，跨界至推理、科幻等分野發表作品時，這樣帶有幻想風味，簡潔而幽雅的文筆，還有在結局裡嗜好以留白製造餘韻的故事風格，更是在以白描敘述為主流的推理或科幻文學之中，成了十分特別的存在。

——林依俐

二十年前，醫師名門青澤家舉行了盛大的壽宴，然而送來的飲料中卻被下了毒，造成十七個人死亡，唯一的倖存者是一位瞎眼的美少女。案發現場還發現了一首情詩〈尤金尼亞〉，但卻始終查不出『尤金尼亞』真正的意義。當時還是國中生的雜賀滿喜子曾親眼目擊了送飲料的男子，十年後，雜賀已經是大學生了，她決定要將這段往事的真相重新挖掘出來……

推理謎 5

尋狗事務所

米澤穗信◎著　緋華璃◎譯

【推理小說創作者】**寵物先生**◎專文導讀

- **『這本推理小說真厲害！』2005年度10大推理小說！**
- **本格推理作家協會2005年度最佳推理小說TOP 20！**

《尋狗事務所》雖然是私探小說，卻絕對不是所謂的『冷硬』私探，而是帶有年輕氣息的感傷與無奈，偶爾穿插幽默風趣的『青春』私探。雖然同樣是書寫青春，米澤這回帶我們走出校園，採用了全新的私探小說形式來包裝。

——寵物先生

本來我想要開的是一家賣什錦煎餅的店，可是搞到最後，卻變成開了一間『紺屋S&R』事務所，本事務所的業務項目只有一種——就是幫飼主找回走失的小狗！然而，開業第一天找上門來的客戶，卻是要我去找失蹤的孫女和解讀古文書！而在調查的過程中，我發現這兩件事情竟然有著微妙的重疊——這到底是怎麼一回事啊？

推理謎 7

背之眼 道尾秀介◎著

日本第五屆驚悚小說大獎特別獎得獎作品！

驚悚小說作家道尾在旅行途中的白峠村河畔聽到一種可怕的聲音，當他發現這句話的含義時，趕緊逃回東京，拜訪開設『靈異現象探求所』的朋友真備莊介商量此事。道尾在真備以及助理北見的伴同下，再度前往白峠村。在那裡了解到至今仍然沒有破案的兒童連續失蹤事件，和流傳在村裡的『天狗傳說』……建立在沾滿鮮血歷史上的悲慘事件的真相到底是什麼？

【2008年5月出版】

推理謎 8

十一字殺人 東野圭吾◎著

出乎意料之外、懸疑滿溢的本格推理！

『我是很膽小的。』這是在我記憶中，他說過的最後一句話。我的戀人被殺了。他因為最近『被人盯上了』，而感到害怕。然後，大量的資料從他的遺物中被盜走了。身為女性推理小說作家的我，和我的編輯冬子一起追逐著真相。可是從他之後，人們一個接著一個被殺害……每個受害者都收到兇手寄來的白色便條紙，上面只有寫十一個字——『來自於無人島的滿滿殺意』！這十一個字裡隱藏的真相究竟是什麼？

【2008年6月出版】

推理謎 9

活屍之死 山口雅也◎著

1975－1994本格推理小說TOP100第一名！

經營墓園的巴爾克一家，祖父史馬利已經病重快要去世，實際的墓園經營者是史馬利的兒子喬治。此時史馬利的孫子格林回到故居，在討論祖父後事的茶會後，竟然中毒死去，然而格林很快的復活了，而且他只是村莊中復活的死屍之一！這些活屍都因為在屍體腐敗之前，已經做了防腐處理、替換過血液才能復活；而活屍的共通點就是不畏毒、沒有痛覺、不吃食物，看起來跟活人無異，但身上卻有屍斑，最可怕的是，他們吃人……

【2008年7月出版】

□集滿4個印花贈品（二款任選其一）：

A：【推理謎】LOGO皮質燙銀典藏書套一個
（黑色，25開本適用，限量1000個）

B：【推理謎】吉祥物『獨角獸』圖案
皮質燙金典藏書套一個
（咖啡色，25開本適用，限量1000個）

□集滿8個印花贈品（二款任選其一）：

C：【推理謎】LOGO皮質燙金證件名片夾一個
（紅色，11.5cm x 8.6cm，限量500個）

D：【推理謎】吉祥物『獨角獸』圖案環保購物袋一個
（米色，不織布材質，41.5cm x 38.6cm，限量1000個）

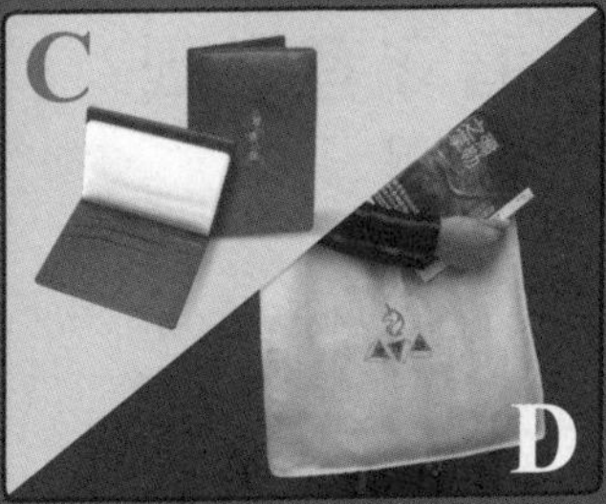

□集滿12個印花贈品（二款任選其一）：

E：【推理謎】LOGO不鏽鋼繩鑰匙圈一個
（限量500個）

F：【推理謎】吉祥物『獨角獸』圖案馬克杯一個
（白色，320cc容量，限量500個）

【注意事項】
◎本活動僅限台灣地區讀者參加。
◎贈品兌換期限自2008年1月1日起至2009年12月31日止（以郵戳為憑）。
◎贈品圖片僅供參考，所有贈品應以實物為準。
◎所有贈品數量有限，送完為止。如讀者欲兌換的贈品已送完，皇冠文化集團有權直接改換其他贈品，不另徵求同意和通知。贈品存量將定期在【推理謎】官網上公佈，請讀者在兌換前先行查閱或直接致電：（02）27168888分機114、303讀者服務部確認。
◎皇冠文化集團保留修改或取消謎人俱樂部活動辦法的權利。辦法如有更動，將隨時在【推理謎】官網上公佈。

國家圖書館出版品預行編目資料

看守者之眼 / 橫山秀夫 著；郭清華 譯.
-- 初版. -- 臺北市：皇冠, 2008[民97]
面；公分. --（皇冠叢書；第3726種）
（推理謎；6）
譯自：看守眼
ISBN 978-957-33-2407-2（平裝）

861.57　　97004925

皇冠叢書第3726種
推理謎 6

看守者之眼

看守眼

作　　者—橫山秀夫
譯　　者—郭清華
發 行 人—平雲
出版發行—皇冠文化出版有限公司
台北市敦化北路120巷50號
電話◎02-27168888
郵撥帳號◎15261516號
皇冠出版社(香港)有限公司
香港灣仔駱克道93-107號利臨大廈1樓
電話◎2529-1778　傳真◎2527-0904
出版統籌—盧春旭
編務統籌—金文蕙
版權負責—莊靜君
外文編輯—馮瓊儀
美術設計—王瓊瑤
行銷企劃—何曉真
印　　務—林莉莉
校　　對—黃素芬・陳秀雲・金文蕙
著作完成日期—2004年
初版一刷日期—2008年4月

法律顧問—王惠光律師

讀者服務傳真專線◎02-27150507
電腦編號◎511006
ISBN◎978-957-33-2407-2
Printed in Taiwan
本書定價◎新台幣280元/港幣93元

謎人俱樂部贈品兑換卡

我要選擇以下贈品（須符合印花數量）：□A □B □C □D □E □F

1	2	3	4
5	6	7	8
9	10	11	12

我的基本資料

姓名：______________________

出生：________ 年 ________ 月 ________ 日　性別：□男 □女

職業：□學生 □軍公教 □工 □商 □服務業

□家管 □自由業 □其他 ______________________

地址：□□□□□ ______________________

電話：（家）______________ （公司）______________

手機：______________________

e-mail：______________________

□我不願意收到皇冠新書edm或電子報。

我對【推理謎】系列的建議：

寄件人：

地址：□□□□□

北區郵政管理局登
記證北台字1648號
免貼郵票
〔限國內讀者使用〕

10547
台北市敦化北路120巷50號
皇冠文化出版有限公司　收